JACQUES NORMAND

Soleils d'Hiver

(NOTES D'UN PARISIEN EN PROVENCE)

PARIS

ALPHONSE LEMERRE, EDITEUR

23-31, PASSAGE CHOISEUL, 23-31

M DCCC XCVII

Soleils d'Hiver

DU MÊME AUTEUR

THÉATRE

Le Troisième Larron, comédie en un acte, en vers (Odéon). 1 vol.

Les Petits Cadeaux, comédie en un acte, en prose (Gymnase). 1 vol.

Blakson père et fille, comédie en quatre actes (Odéon), en collaboration avec M. A. Delavigne. . . . . 1 vol.

Les Petites Marmites, comédie en trois actes (Gymnase), même collaboration. . . . . 1 vol.

L'Auréole, comédie en un acte, en vers (Vaudeville) . . . 1 vol.

Musotte, pièce en trois actes, en collaboration avec Guy de Maupassant. . . . . 1 vol.

Les Vieux Amis, comédie en trois actes, en vers (Odéon). 1 vol.

Voila Monsieur ! comédie en un acte (Gymnase), en collaboration avec M. A. Delavigne . . . . 1 vol.

L'Amiral, comédie en deux actes, en vers (Comédie-Française). 1 vol.

POÉSIES

Tablettes d'un Mobile.. . . . . 1 vol.

A Tire-d'Aile . . . . 1 vol.

Paravents et Tréteaux. . . . . 1 vol.

Les Moineaux francs. . . . . 1 vol.

La Muse qui trotte. . . . . 1 vol.

OUVRAGES EN PROSE

Le Monde ou nous sommes, nouvelles. . . . . 1 vol.

La Madone, roman parisien. . . . . 1 vol.

Contes a Madame. . . . . 1 vol.

Aiol, chanson de geste du XIIIe siècle, publiée en collaboration avec M. G. Raynaud. *(Ouvrage couronné par l'Académie des Inscriptions et Belles-Lettres.)*. . . . . 1 vol.

JACQUES NORMAND

Soleils d'Hiver

(NOTES D'UN PARISIEN EN PROVENCE)

PARIS

ALPHONSE LEMERRE, EDITEUR

23-31, PASSAGE CHOISEUL, 23-31

M DCCC XCVII

A LA MÉMOIRE

de

JOSEPH AUTRAN

de l'Académie Française

qui chanta aussi les rives de Provence

ce livre

est respectueusement et affectueusement dédié.

J. N.

Départ

DÉPART

PARIS! neige ou pluie...
Un grand ciel de suie
Du matin au soir
Sur la ville sombre
Allongeant son ombre
Comme un casque noir.

Dans l'immense gare
Résonne et s'égare
Un coup de sifflet...
Voilà le *Rapide*
Qui part, intrépide,
Et part au complet.

Des formes lointaines
Glissent, incertaines,
Là-bas, dans la nuit;
Maisons et chaumières,
Furtives lumières...
Et le train s'enfuit.

Sous un quinquet blême
On veut — dur problème! —
Trouver le sommeil...
L'horizon se dore...
Hurrah! c'est l'aurore!
Et c'est le soleil!

Valence! Valence!
Le wagon s'élance,
Roule avec entrain...
Avignon s'efface...
Puis Tarascon passe...
Bonjour, Tartarin!

Arles, blanche et nette,
Dresse sa cornette
Dans le clair matin;
La Crau, plaine grise,
S'argente et s'irise
Jusqu'au bleu lointain,

Et bientôt Marseille
— Huitième merveille
Du vaste univers —
Vient nous faire fête,
L'azur sur la tête,
Les bras grands ouverts!

Salut, bonne ville!
Ta gaîté facile
Coulant sans effort,
Ton humeur sereine
Dégèlent sans peine
Les âmes du Nord!

Parfois on plaisante
Ta verve amusante,
Ton *assent* joyeux...
Eh! vai!... laisse dire!
Réponds d'un sourire
A ces envieux!

Ris, brillante et fière,
Buvant la lumière
De ton ciel doré
Où monte et s'abaisse
De la bouillabaisse
L'encens adoré!

Marseille

LA CANNEBIÈRE

Un nom retentissant ainsi qu'une fanfare
Qui sonne le réveil ;
Un fouillis lumineux, un grouillement bizarre
De têtes au soleil ;

D'étincelants cafés où la foule s'entasse
Sous de larges auvents,
Où les « Coquin de sort ! » et les « Boun Dious ! » par masse
Volent à tous les vents ;

Sur le cours Saint-Louis les brunes bouquetières
Aux kiosques coquets,
Vous offrant pour les yeux et pour les boutonnières
Sourires et bouquets ;

Des portefaix du port à la calotte rouge ;
Des *Nervi* pommadés ;
De noirs Algériens dont aucun trait ne bouge
Sous les burnous brodés ;

Des marins le col nu, la démarche roulante
Comme aux gros temps de mer,
Croisant les bons lignards qui vont, l'allure lente,
Naïfs, le nez en l'air;

Un Musulman qui rêve, un Anglais qui s'agite
Son *Bædeker* en main;
Le Nord et le Midi, chaos cosmopolite,
Se heurtant en chemin;

Et pour toile de fond le Vieux Port qui scintille
Sous un rayon de feu,
Et l'enchevêtrement des mâts de la flottille
Noire sur le ciel bleu.

Quel éblouissement de vie et de lumière!
Quel tableau vif et fin!...
« Ah! si jamais Paris avait sa Cannebière!... »
Lecteur, à toi la fin!

LE PRADO

Le Prado! quel nom coquet
Fleurant bon comme un bouquet
Dans la brise!
Ça vous sent bien son Midi :
Après le Nord engourdi
Ça vous grise!

Il vous dit, ce nom joyeux,
Quelque Alhambra merveilleux
Où, sans trêve,
Souple dans son fin corset,
L'Andalouse de Musset
Danse ou rêve!

Il vous dit le ciel léger,
Les doux parfums d'oranger,
Les pastilles
Que l'on croque à deux, le soir...
Et le fourmillement noir
Des mantilles!

Il dit les bals de jadis,
Du quartier Latin, vers dix
Huit cent trente,
Le cancan, roi sans rival,
La fièvre du Carnaval
Dévorante!

Le Prado!... C'est un parfum
Tout à la fois très commun
Et très rare :
Fleurs des pays andalous,
Oranges à quatre sous...
Et cigare!

* * *

De Castellane à la mer,
Par les clairs soleils d'hiver,
Tout fourmille,
Car Marseille entier s'y va
Promener cahin-caha
En famille.

Il a, ce Prado galant,
Ses « impures » s'étalant
Sans vergogne,

Ses gommeux et ses bourgeois,
Tout pareil à notre Bois
De Boulogne;

Ses cochers petits et gros,
Perchés, comme des héros,
Sur leurs trônes;
Ses Anglais en amidon,
Des froids brouillards de *London*
Encor jaunes;

Ses rastaquouères divers,
Japonais... bleus, Chinois... verts,
Turcs... orange,
Ducs en *off,* princes en *ki*...
Joyeux monde étranger qui
Se dérange;

Cancans, caquetages, cris,
Il a tout, comme à Paris...
Plus encore
Il a, ce Prado vermeil,
Sous l'étincelant soleil
Qui le dore,

— Au lieu d'un lac enfantin
Qu'en quatre coups de patin
On traverse, —

La mer calme à l'horizon
Et sa plaintive chanson
Qui vous berce !

Dès que le couchant en feu
Empourpre l'espace bleu,
A cette heure
Où le flot, sanglant sillon,
Luit sous l'oblique rayon
Qui l'effleure,

Tout ce monde pailleté
Dont l'incessante gaîté
Danse et bouge
Semble un jeu de pantins d'or
S'agitant sur un décor
Peint en rouge ;

Décor sublime où la nuit
Rêveuse, attache sans bruit
Ses longs voiles,
Et qu'éclairent vaguement,
Comme un lustre au firmament,
Les étoiles !

LE GUEUX

Chemin de la Corniche.

SUR le roc aride et revêche
Devant la mer, en plein soleil,
Comme un triste haillon qui sèche,
Le gueux dort d'un profond sommeil.

Bras en croix, tête renversée,
Jambes pendant languissamment,
Il ronfle, brute harassée,
Sordide en son affaissement.

Débauche, paresse et misère
Habitent ce corps éreinté,
Dont une loque à peine enserre
La repoussante nudité.

Cette nuit, par maint quartier louche,
Cherchant besogne de son goût
Il a rôdé, le gueux farouche,
La main au couteau, prêt à tout.

Par les ruelles, où les bouges
Bourdonnants de chants avinés
Ouvrent dans l'ombre leurs yeux rouges,
Ses pieds meurtris se sont traînés.

Il a volé, tué peut-être...
Puis, le coup fait, brûlé d'alcool,
En quelque assommoir sombre et traître,
Ivre, il a roulé sur le sol.

Au jour, sortant de sa tanière,
Les bras lourds, le front obscurci,
Aveuglé d'air et de lumière
Il s'en est venu jusqu'ici;

Et de cette chair polluée
Par le vice au contact impur
Semble monter une buée
De crime et de sang, dans l'azur...

Mais là-haut, dissipant la brume
Que le matin y traîne encor,
Le bon soleil pour tous allume
Pareillement son flambeau d'or.

Sans souci des besognes faites,
Ignorant du bien et du mal,
Il donne à tous les mêmes fêtes,
Pour tous son sourire est égal.

Doucement, sa clarté tranquille
Dore le sordide haillon,
Et la buée infâme et vile
S'évapore dans un rayon.

LES PORTEFAIX

SUR le quai du Vieux Port, où le soleil en joie
Verse ses chauds rayons que le pavé renvoie,
Parmi le grouillement vague et bariolé
De la foule, on décharge un grand brick plein de blé
Arrivé d'Odessa la dernière semaine.
Ruisselants de sueur sous leur bonnet de laine,
Le cou gonflé, les pieds suivant adroitement
La planche mince, au mol et lent balancement,
Les portefaix hâlés vont, viennent, et sans trêve
La pile des gros sacs s'élargit et s'élève.

Un moment de repos. Le travail s'interrompt.
Les robustes gaillards se sont assis en rond
Pour boire un coup de vin et mordre à la pastèque.
Une fille du peuple, au droit profil de Grecque,
Les cheveux pommadés, la jupe en retroussis,
Passe : et sur son passage un concert de lazzis
Eclate et la poursuit dans sa marche traînante.
Elle s'est retournée, et brave, impertinente,

Droite, ses deux poings bruns sur les hanches posés,
Elle répond de haut aux hommes amusés.
Le parler marseillais, nasillard et sonore,
Vibre dans l'air : on crie, et puis l'on crie encore,
Et la lutte finit en rires débordants,
Montrant la lèvre rouge et l'émail pur des dents.

Devant ce fin tableau de couleur provençale,
Je songeais à l'aspect triste, boueux et sale
Des cités de mineurs du Nord, où le travail
Est rude, où tout est noir, où l'homme est un bétail
Silencieux, courbé sous sa besogne austère,
Amphibie éternel de l'air et de la terre,
N'ayant, l'hiver venu, pas même un court moment
De repos au dehors, ni de délassement;
La révolte dans l'âme et l'insulte à la lèvre,
Chaque dimanche, allant se soûler de genièvre
En quelque cabaret au grinçant écriteau,
Puant d'une fumée à couper au couteau...

Et je comprenais bien pourquoi si fort l'on t'aime,
Et je te bénissais, et je t'aimais moi-même,
Bon soleil de Provence, aux rayons indulgents,
Ami des gens heureux, père des pauvres gens!

CROQUIS DE FEMME

Au chemin de la Corniche,
Sur un roc au profil pur
Qui lui fait comme une niche,
La villa, coquette et riche,
Monte vers le ciel d'azur.

C'est le matin, tout s'éveille.
Les persiennes vont s'ouvrant;
Le bruit lointain de Marseille,
Tel qu'un murmure d'abeille,
Passe dans l'air transparent.

Par la fenêtre mi-close
Pénètre un rayon joyeux
Qui glisse, s'allonge, et pose
Son étincellement rose
Sur le lit mystérieux.

Comme un oiseau dans la mousse,
Au fond des draps parfumés
La belle dormeuse rousse
Goûte la volupté douce
Des demi-sommeils aimés.

Par la demeure sonore,
Des bruits montent, familiers :
Qu'il fait bon rêver encore
Tandis qu'un clair rayon dore
La blancheur des oreillers !

Puis on est, plus qu'une chatte,
Frileuse... oh ! frileuse !... on craint,
Hors de ce nid plein d'ouate,
Le terrible coup de patte
Du mistral qui vous étreint.

L'heure passe... le temps presse...
Un peu de courage... allons !
Honte, honte à la paresse !...
Et la voilà qui se dresse
D'un seul coup sur ses talons.

Oh ! quelle divine moire,
Quel brocart ou quel satin
Vont, depuis le cou d'ivoire,
Couler, en ondes de gloire,
Jusqu'au petit pied mutin !

Sur cette tête qu'inonde
La clarté de l'Orient
Quelle perle exquise et ronde
Mettra sa caresse blonde
Et son charme souriant?

Noble fille de Phocée,
Au nez antique, au front bas,
En quittant le gynécée,
De tendre velours chaussée,
Où vas-tu porter tes pas?

Sans doute, tranquille et fière,
Un éventail à la main,
Pendant la journée entière,
Tu sèmeras la lumière
Et l'amour sur ton chemin;

Au pur rythme de tes hanches
Tu passeras, en songeant,
Sous les colonnades blanches
Où l'ombre fine des branches
Se joue en frissons d'argent;

Le soir, tu seras la joie
De quelque immense festin
Où, sous les rideaux de soie,
L'ivresse grandit et noie
Les soucis jusqu'au matin:

Et Véronèse qui passe
Là-bas, au fond du décor,
Amoureux de tant de grâce,
Te peindra, superbe et lasse,
Dans un flot de pourpre et d'or!

*
* *

Enfin, de la chambre vide
Elle sort en tourbillon...
O Mode, Mode homicide,
Qu'as-tu fait?... La chrysalide
Remplace le papillon!

Son beau corps est mal à l'aise
Dans les raideurs du veston...
Pourquoi, souple Marseillaise,
Cette rude étoffe anglaise
Et ce faux col en carton?

Pourquoi ces tresses dorées
A l'étroit sous le chapeau?
Et ces jupes trop serrées?
Et ces mains déshonorées
Par les gants en grosse peau?

Sèche comme une *bank-note,*
Le cou raide, l'air cassant,
La voilà qui trotte, trotte,
Jetant une fausse note
Sur le ciel éblouissant...

Et je crois — ô rêve étrange! —
Voir, dans un cadre agrandi,
Sur cette beauté qu'il change
Le Nord jaloux qui se venge
Des conquêtes du Midi!

EMBARQUEMENT D'AMIS

Quai de la Joliette.

DING! ding! ding! La cloche sonne...
C'est midi!
L'air est pur, le flot rayonne
Attiédi.
A quai, le vapeur demeure
Sans bouger,
Prêt à partir tout à l'heure
Pour Alger.

Ding! ding! ding! La cloche sonne...
Prestement
Qu'on descende!... Plus personne!...
Autrement
Tu peux, ô retardataire,
T'infliger
Un départ involontaire
Pour Alger!

Ding! ding! ding! La cloche sonne...
Plus d'adieux!
Plus de larmes qu'on soupçonne
Dans les yeux!
Une dernière accolade
Pour changer...
Et qu'on ne soit pas malade
En Alger!

Ding! ding! ding! La cloche sonne...
Tout est prêt.
Quels bons baisers l'on se donne!
Quel regret!
Comme on voudrait — tant on s'aime! —
Prolonger
L'instant du départ suprême
Pour Alger!

Ding! ding! ding! La cloche sonne...
N, i, ni!
« Adieu, cher! Adieu, mignonne! »
C'est fini!
Vite, chacun dégringole,
Et, léger,
Le vapeur s'ébranle et vole
Vers Alger.

Mer tranquille et bon voyage,
Gens heureux
Qui voguez loin du rivage
Vaporeux,
Et demain, la course faite
Sans danger,
Allez, sous un ciel en fête,
Voir Alger!

RECETTE MARSEILLAISE

D'AIL ?... il en faut un peu, rien que pour maintenir
Le vrai principe;
Mais très peu, je vous dis : un souffle, un souvenir
Qui se dissipe!

De safran ?... il en faut pas mal, et toutefois
Pas trop encore...
Mais assez, cependant, pour qu'en trempant les doigts
Ça vous les dore!

De poisson ?... il en faut. Mais poisson de fin goût
Pêché sur place,
Et langouste, et merlan, et saint-pierre, et surtout
De la rascasse!

D'huile ?... il en faut aussi, mais du plus pur produit
D'olive fine,
Premier crû provençal, portant l'odeur du fruit
A la narine!

De thym ? de romarin ? de fenouil ? de persil ?
Que l'on en mette
Dans un sac bien noué, bien propret, bien gentil,
Qui vous appète !

Faites bouillir le tout; découpez le pain frais
En tranche épaisse...
Et peut-être qu'ainsi vous aurez, à peu près,
La bouillabaisse.

Mais pour qu'elle soit vraie, et bonne, et sans défaut,
— Une merveille ! —
Plus que poisson, safran, ail, fenouil... il lui faut
L'air de Marseille !

Campagne de Marseille

NATURE PROVENÇALE

TERRAINS rouges, pelés; tristes oliviers gris
S'éplorant dans le deuil de leurs bras rabougris;
Mûriers verts, longs cyprès en files régulières
Donnant aux champs l'aspect de petits cimetières
Où l'on attend toujours, fredonnant son couplet,
Noir sur un ciel sanglant, le fossoyeur d'*Hamlet;*
Maisons aux toits mesquins, aux fenêtres étroites,
Dans quelque coin d'enclos se dressant toutes droites,
Toutes raides, avec un faux air de prison;
Routes blanches, montant vers le morne horizon
Sèchement, sans ruisseaux, sans ombre, sans verdure;
Rien de frais, de riant, de tendre : une nature
Ingrate, indifférente à l'esprit comme aux yeux...
Et cependant un charme exquis, mystérieux,
Et la gaîté sortant, rayonnante et superbe,
Du moindre pan de mur et du moindre brin d'herbe.

O lumière, sourire et grâce du Midi,
C'est toi qui d'un seul coup de ton pinceau hardi

Sais métamorphoser cette nature plate
Et jeter sur ce deuil ton manteau d'écarlate!
Eh parbleu!... n'es-tu pas du pays provençal?
Sous tes rayons, le grand devient le colossal,
Le laid s'élève au beau, le noir se fond en rose...
D'un peu, tu fais beaucoup — et de rien, quelque chose!

LE JOUR DES MORTS

Le petit cimetière, en bas de la colline,
Dresse ses blanches croix au soleil du matin;
Le ciel est sans nuage; une brise câline
Apporte des parfums de lavande et de thym.

Une paix solennelle et que rien n'a troublée
Plane sur les champs bruns pointillés de blé clair;
Et, par fins tourbillons de fumée ondulée,
Les herbes, en brûlant, s'évaporent dans l'air.

C'est la Fête des Morts. En ce pays de joie,
De clarté, de caresse et d'éblouissement,
Il semble que la Mort, lorsque Dieu nous l'envoie,
Doit causer moins d'horreur et d'épouvantement.

Elle doit apparaître, à l'heure désignée,
Non sous le masque affreux dont Holbein l'affubla,
Squelette au nez camard, à mine renfrognée,
Qui saute au cou de l'homme en hurlant : « Halte-là ! »

Mais belle, mais clémente et suavement douce,
Le front orné de fleurs et le regard ami,
Et vous prenant sans cris, sans lutte, sans secousse,
Comme on prend en ses bras un enfant endormi.

Vous qui reposez là, dans la fosse profonde,
Humbles morts — travailleurs obscurs — gens ignorés,
Qui n'aviez dans les yeux, en traversant ce monde,
Que les contours précis de vos champs labourés ;

Vous qui ne connaissiez, tout le long de la vie,
Que le souci de vivre, et pour seul horizon
Voyiez la côte raide et pesamment gravie
Chaque soir, pour rentrer en votre humble maison ;

Oh ! comme vous devez sommeiller plus tranquilles
Que les célèbres morts de notre grand Paris,
Paysans, au pays, loin du fracas des villes,
Fils du sol, en ce sol qui vous a tous nourris !

Si, les ans s'écoulant, hélas ! on vous oublie,
Si nul ne vient orner vos tombeaux délaissés,
Si vos âmes, errant avec mélancolie,
Voient qu'il n'est plus pour vous de jour des Trépassés,

Du moins vous sentez-vous en terre bonne et franche,
Près des cyprès poudreux et des frêles roseaux
Où jadis, tout gamins, par quelque clair dimanche,
Tous lanciez, en jouant, des pierres aux oiseaux !

LA CHANSON DU MISTRAL

I

PITCHOUNETTE, entends-tu pas
Le vent qui souffle là-bas ?
— Ami, je l'entends sans peine ;
C'est le mistral dans la plaine !
— Pitchounette, as-tu pas peur ?
Le mistral est un voleur
Qui prend tout sur son passage.
Gare à la rose de mai
Qui te vient du bien-aimé
Et fleurit à ton corsage !

— Du mistral je n'ai pas peur ;
La rose tient à mon cœur,
Et le mistral passera
Et point ne l'emportera !

II

Pitchounette, entends-tu pas
Le vent qui souffle là-bas ?
— Oui... sur les toits du village
C'est le mistral qui fait rage.
— Pitchounette, as-tu pas peur ?
Le mistral est un voleur
Qui des fillettes se joue :
Gare à son baiser glaçant
Qui peut flétrir, en passant,
La jeunesse de ta joue !

— Du mistral je n'ai pas peur ;
Ma jeunesse est dans mon cœur,
Et le mistral passera
Et point ne l'emportera !

III

Pitchounette, entends-tu pas
Le vent qui souffle là-bas ?
— Oui... sur la mer toute claire
C'est le mistral en colère !

— Pitchounette, as-tu pas peur ?
Le mistral est un voleur
Rapide comme la flamme.
Veille bien sur ton amour…
Il est assez méchant pour
Te le prendre au fond de l'âme !

— Du mistral je n'ai pas peur ;
Mon amour tient bien au cœur,
Et le mistral passera
Et point ne l'emportera !

LE VIEUX SEMEUR

Le jour naît, la terre s'éveille,
Le soleil rit à l'horizon.
Honte à qui trop longtemps sommeille!
Père Jean quitte sa maison,
Gaillard, le chapeau sur l'oreille...
Et, sifflotant un vieux refrain,
Il va semer, semer le grain.

Midi rayonne. Dans la plaine
Le soleil chauffe les sillons...
Pas un souffle, pas une haleine.
Honte aux paresseux! Travaillons
Si nous voulons la grange pleine!
Père Jean, sifflant son refrain,
Sème, sème, sème le grain.

La nuit tombe. Le soleil dore
L'horizon paisible et profond...
C'est le couchant après l'aurore.
Honte, honte à ceux qui s'en vont

Tant qu'on peut travailler encore!
Père Jean, sifflant son refrain,
Sème, sème, sème le grain.

Enfant de l'antique Phocée,
D'un trait reconnaissable et sûr
Il a sa noblesse tracée
Sur son profil droit, son front pur
Où flotte une grave pensée...
Père Jean, sifflant son refrain,
Sème, sème, sème le grain.

Pendant plus de septante années
Il a peiné, mais, jarnidieu!
Si ses vieilles mains sont tannées,
Il sait toujours, droit comme un pieu,
Abattre de rudes journées...
Père Jean, sifflant son refrain,
Sème, sème, sème le grain.

Là-bas, dans les villes lointaines,
Un tas de faiseurs d'embarras
Parlent de recettes certaines
Pour vivre en se croisant les bras...
Plus de soldats! Tous capitaines!
Père Jean, sifflant son refrain,
Sème, sème, sème le grain.

Loin, plus loin, dans l'Europe immense
Les peuples, armés jusqu'aux dents,

Atteints d'une même démence,
Croisent leurs défis imprudents :
« Commence, toi! — Non, toi, commence! »
Père Jean, sifflant son refrain,
Sème, sème, sème le grain.

On crie, on s'insulte, on s'exerce
A tout changer, à briser tout.
On démolit, on bouleverse...
D'un bout du monde à l'autre bout
C'est une impitoyable averse...
Père Jean, sifflant son refrain,
Sème, sème, sème le grain.

Il est tranquille, le bonhomme;
Il sait que les brillants discours
De ces beaux messieurs qu'on renomme
Ne font pas les hivers plus courts,
Ni les étés moins chauds, en somme...
Père Jean, sifflant son refrain,
Sème, sème, sème le grain.

Il sait que sa vieille maîtresse,
La Terre, hait ces vains brailleurs,
Et qu'elle garde sa tendresse
Aux bons gars, aux vrais travailleurs,
Dont la main rude la caresse...
Père Jean, sifflant son refrain,
Sème, sème, sème le grain.

Qu'on s'agite, qu'on déblatère,
Qu'on s'use en de piteux débats
Pour renverser un ministère...
Ce n'est jamais la tête en bas
Que les blés sortiront de terre!
Père Jean, sifflant son refrain,
Sème, sème, sème le grain.

Tant qu'il peut, avec son beau geste,
Lancer le bras en éventail;
Tant qu'il se sent la jambe leste,
Les poings solides au travail;
Père Jean se moque du reste...
Et, sifflotant son vieux refrain,
Sème, sème, sème le grain.

TEMPS DE CRISTAL...

Avec des tendresses câlines,
Midi réchauffe les collines...
Oh! le gai refrain provençal :
« Ciel d'azur et temps de cristal! »

En blanches tresses déroulées
Le parfum des herbes brûlées
Monte dans l'air tranquille et pur...
Temps de cristal et ciel d'azur.

Sur la route une fille passe
Et chante... Et sa voix, dans l'espace,
Vibre ainsi qu'un frêle métal...
Ciel d'azur et temps de cristal.

Le bon soleil qui nous arrose
Nimbe d'une poussière rose
Les noirs cyprès au profil dur...
Temps de cristal et ciel d'azur.

En son sarrau de toile écrue,
Blanc sur la terre brune et drue,
Le semeur va d'un pas égal...
Ciel d'azur et temps de cristal.

Au lointain, la montagne grise,
Semblable à quelque immense frise,
Coupe l'horizon d'un trait sûr...
Temps de cristal et ciel d'azur.

C'est, sur la plaine tout entière,
Un ruissellement de lumière,
Un chatoiement oriental...
Ciel d'azur et temps de cristal.

Et c'est, dans l'âme qui sommeille,
Comme une ombre fine et vermeille
Une nuit où rien n'est obscur...
Temps de cristal et ciel d'azur.

Toulon

LE FORT

La Colle Noire, près Toulon.

Sur la montagne, à découvert,
Elle se dresse
Parmi les pins au manteau vert,
La forteresse.

Plus de casernes ni de toits,
Ni de muraille
Servant de but, comme autrefois,
A la mitraille;

Plus de fiers bastions avec
Leur demi-lune :
Rien d'apparent qu'un profil sec
De terre brune.

Les murs dissimulés et nus
Ne comptent guère...
Seuls, les canons sont devenus
Rois de la guerre.

Sur leurs durs affûts accroupis,
Droits et sauvages,
Vers les champs, les bois assoupis,
Vers les rivages;

Vers la mer qu'un zéphyr serein
Ride de moires,
Ils tournent leurs gueules d'airain,
Leurs têtes noires;

Et se dressent avec orgueil
En batterie,
Sentinelles veillant au seuil
De la Patrie!

L'ESCADRE

DROITS, silencieux, graves, immobiles,
Chauffant au soleil leurs flancs ramassés,
Semés sur la mer comme un groupe d'îles,
Les voilà là-bas, les grands cuirassés.

Les voilà, les grands cuirassés de France!
Près d'eux, tel qu'un vol d'oiseaux batailleurs,
Essayant leur course en pleine assurance,
Passe un escadron de fins torpilleurs.

Les monstres altiers, dont la coque noire
Dresse puissamment ses remparts de fer,
Semblent regarder, du haut de leur gloire,
Ces minces bateaux, jouets de la mer.

Fiers de leurs canons montrant aux tourelles
Leurs longs cous tendus pour vomir la mort,
Ils n'ont que mépris pour ces barques frêles
Qu'un coup d'éperon broierait sans effort.

Mais, rasant le flot, hâtant sans fatigue
Leurs mouvements secs, trépidants, pressés,
En moins d'un instant, derrière la digue,
Les fins torpilleurs sont déjà passés.

*
* *

Dans les heurts futurs des guerres navales
— Oh! qui ne frémit rien que d'y songer? —
Quand, se rencontrant, deux flottes rivales
A toute vapeur devront se charger,

Qui triomphera, dans cette mêlée
Où ruisselleront le fer et le sang,
Du noir torpilleur à tête effilée
Ou du cuirassé superbe et puissant?

Du rempart blindé, de la mince écorce,
Qui des deux saura le mieux résister?
Qui vaudra le mieux — l'adresse ou la force —
Pour porter les coups... ou les supporter?

S'inclineront-ils, ces géants superbes,
Devant ces brûlots savants et subtils,
Ou, comme la grêle au milieu des herbes,
Aux premiers boulets les faucheront-ils?

Problème que nul n'est près de résoudre!
Voile épais que rien ne peut soulever...
Nuage sanglant qui retient la foudre,
Et qu'un jour peut-être on verra crever...

S'ils viennent, ces jours de deuil, de souffrance,
— Jours maudits où Dieu se cache le front! —
Tous, grands et petits, les vaisseaux de France
Connaîtront leur tâche et l'accompliront.

Pour vous animer, torpilleurs rapides,
Aussi bien que vous, ô cuirassés lourds,
Nos marins sont là, ces fiers intrépides,
Parfois à la gloire, au danger toujours.

Tous, sans hésiter, sans compter leurs peines,
Affrontant l'horreur des luttes en mer,
Sauront infuser le sang de leurs veines
Aux moindres replis de vos corps de fer;

A votre matière ils souffleront l'âme,
L'âme des meilleurs parmi les meilleurs,
Et qui volera, belliqueuse flamme,
Des lourds cuirassés aux fins torpilleurs!

LE RAYON VERT

LA-BAS, à l'horizon splendide,
Le soleil déjà descendu
Allonge sur la mer sans ride
Un dernier rayon d'or fondu.

Et malgré la nuit qui s'avance,
L'œil demi-clos, les bras croisés,
La belle fille de Provence
Regarde les cieux embrasés.

La tête, sans chapeau ni voile,
Porte un casque de lourds cheveux;
La chemise de grosse toile
Moule un buste svelte et nerveux;

Sous la pauvre jupe, ternie
Par le mistral et les embruns,
Se dresse, en sa double harmonie,
L'humble fierté de ses pieds bruns.

*
* *

— « Belle fille, quel est ton rêve ?
A cette heure, en ce lieu désert,
Que viens-tu chercher sur la grève ?
— Je viens chercher le *Rayon vert.* »

Une légende provençale
— Il m'en souvient — dit qu'on peut voir
Parfois une lueur vert pâle
Parmi les derniers feux du soir,

Et que le souhait, à cette heure,
S'envolant de tout cœur blessé,
De toute pauvre âme qui pleure
Par le ciel est vite exaucé.

— « Belle fille, pour être heureuse,
Quel est ton souhait si pressant ? »
Elle dit : « Je suis amoureuse,
Et celui que j'aime est absent.

« Il est au loin, à bien des lieues,
Comme matelot de l'État;
Il parcourt les grandes mers bleues
Sous l'ardent soleil qui l'abat;

« Loin, bien loin de celle qui l'aime
Et rêve tout le long du jour,
Tout le long de la nuit, de même,
A l'heure heureuse du retour.

« Rayon vert, rayon d'espérance,
Apparais-moi, rien qu'un instant,
Et ramène au pays de France
Celui que mon cœur aime tant! »

*
* *

Mais au couchant toujours plus sombre
Le dernier éclat s'est voilé;
La nuit rapide étend son ombre,
Et tout espoir s'en est allé.

La belle fille, lente et lasse,
Me fait un adieu de la main,
Et je l'entends, à voix très basse,
Dire : « Je reviendrai demain! »

Oui! reviens demain, pauvre amante!
Que demain, propice à tes vœux,
En ce chagrin qui te tourmente,
T'accorde enfin ce que tu veux!

Que ton œil inquiet le voie
Ce rayon longtemps attendu
Qui t'apportera tant de joie
Et tout le bonheur qui t'est dû !

Mais, alors que sur cette rive,
En regardant le rayon clair,
Tu pourras, croyante naïve,
Former le vœu qui t'est si cher,

Sois charitable, ô belle fille !
Songe, dans ton ardente foi,
A toute l'humaine famille
Qui souffre et pleure comme toi,

Et que ton souhait solitaire
S'augmente, en arrivant au ciel,
D'un peu des souhaits que sur terre
Forme notre Rêve éternel !

Hyères

DEVANT L'HOTEL

Au soleil de midi, l'hôtel des *Iles d'or*
Etale sa façade ainsi qu'un blanc décor,
Et, sous la vérandah prétentieuse et haute,
On cause, on rit, on fume après la table d'hôte.
En bas, près du chemin, colosse aux yeux d'émail,
Lissant d'un doigt distrait sa barbe en éventail,
Le portier galonné des pieds jusqu'à la tête,
Brave Suisse ahuri par ce soleil en fête,
Regarde bêtement, blanches sur le grand ciel,
Quatre *misses* jouant un tennis éternel.

Plus loin, se dentelant comme des mousselines
Sur l'azur uniforme et profond, les collines
Que pointille un semis d'élégantes villas,
De coquets bastidons aux murs verts ou lilas,
Descendent mollement vers la mer pailletée,
Tache de vif-argent à l'horizon jetée...
Tout est sourire, joie et rayon.

Cependant
En un coin du jardin de l'hôtel, étendant
Sur un long *rocking-chair* son corps maigre et débile,
Un Anglais, aux yeux lourds, au teint jauni de bile,
— Quelque officier, sans doute, usé par la langueur
Des climats indiens, aujourd'hui sans vigueur,
Sans force, n'ayant plus qu'un dernier souffle à vivre, —
Se réchauffe au rayon bienfaisant qui l'enivre,
Et l'on jurerait voir, en ce cadre vermeil,
Le spectre d'Albion doré par le soleil.

SAUVAGEONNE

La nuit descendait vite, vite,
A l'horizon...
Elle rentrait, pauvre petite,
A la maison.

Pâle, frêle, dix ans à peine,
Nue à moitié...
Et son mince tricot de laine
Faisait pitié.

Elle portait, toute penchée,
Sa cruche d'eau,
Et se raidissait, déhanchée
Par le fardeau.

Italienne ou Provençale ?
Je ne le sais...
Ses pieds nus, sous la jupe sale,
Trottaient, pressés.

Et je lui dis : « La côte est raide;
Dur le chemin.
Pitchounette, veux-tu qu'on t'aide
D'un coup de main ? »

Elle tourna vers moi, sauvage,
Ses yeux de jais,
Croyant qu'à ce vain badinage
Je m'amusais.

Je pris alors la cruche pleine
Et, d'un seul trait,
Montai vers la maison lointaine
Qui s'éclairait.

Elle me suivait, allégée,
Heureuse aussi;
Mais pas une phrase échangée,
Pas un merci.

« La voilà donc, la gratitude
De cette enfant! »
M'écriai-je d'une voix rude
En arrivant.

Mais comme, altéré, j'allais boire
Au vase frais,
Levant sa petite main noire
Et de tout près

Elle me dit en son langage,
Vite et bien bas :
« L'eau trop froide!... Mauvais!... Sois sage,
Moussu, bois pas! »

RETOUR DE PROMENADE

Et depuis le matin en landau découvert
(Un de ces vieux landaus dont le siège en drap vert
Porte un cocher douteux rasé tous les dimanches),
Nous avons, au grand trot, suivi les routes blanches,
Que borde le rempart des oliviers poudreux,
Et vu, dans le lointain, comme un trait vigoureux,
Paraissant, se cachant pour reparaître encore,
La mer aux flots unis que le soleil colore.

Oh! l'exquise journée, et le doux far-niente
Sous ce beau ciel d'hiver plus clair qu'un ciel d'été,
Parmi cette coquette et pimpante nature,
Délicieusement bercés par la voiture,
Un vent tiède au visage, et les yeux éblouis
Par mille fins tableaux trop vite évanouis...
Peu à peu le soir vient : dans la mer violette
Le soleil s'est couché, merveilleuse palette
Qui tout le long du jour prodigua ses couleurs :
Sur les champs rembrunis d'indécises pâleurs

S'accentuant en gris, en noir toujours plus sombre,
S'étendent lentement comme des crêpes d'ombre;
Les verts eucalyptus, les rigides cyprès
S'agitent brusquement sous un souffle plus frais...

Fermons notre landau, prenons nos shalls de laine,
Et tandis que la nuit enveloppe la plaine,
Regagnons sans tarder le logis bien fermé
Où, sous la lampe claire, attend un livre aimé.

Cannes

LÉZARDERIES

Ile Saint-Honorat.

J'ÉCRIS ces petits vers légers
Sous un pin que le vent caresse
D'une caresse enchanteresse
Où flotte un parfum d'orangers.
Oh! loin des regards étrangers
Quelle savoureuse paresse...
J'écris ces petits vers légers
Sous un pin que le vent caresse.

Le soleil sur mon papier blanc
Filtre en gouttelettes dorées,
A travers les branches serrées
De l'arbre au balancement lent.
C'est un va-et-vient turbulent...
Un vol de mouches enfiévrées...
Le soleil sur mon papier blanc
Filtre en gouttelettes dorées.

Nous avons déjeuné gaîment
Du seul produit de notre pêche,
Toute grouillante et toute fraîche
Cuite sur un feu de sarment.
Le safran, ce rude piment,
Nous a fait la langue un peu rêche...
Mais baste! on déjeune gaîment
Quand on déjeune de sa pêche!

Nos matelots pour le dessert
Nous ont dit un Noël candide:
Jésus, l'étoile d'or qui guide
Les Rois Mages dans le désert.
Et ce fut un charmant concert
Grêle et naïf, dans l'air fluide...
Nos matelots pour le dessert
Nous ont dit un Noël candide.

Pendant toute l'après-midi
Ce ne sont plus que flâneries,
Demi-sommeils, traînasseries,
Au hasard du corps engourdi.
Lézards, sur le sol attiédi,
Lézardant nos lézarderies,
Pendant toute l'après-midi
Nous nous plaisons aux flâneries.

De rares propos nonchalants
Vont s'échangeant à l'aventure,

Vantant l'ineffable nature
Et les grands cieux étincelants.
Au diable les sujets brûlants,
Politique ou littérature!
De rares propos nonchalants
Vont s'échangeant à l'aventure.

L'azur nous sourit au travers
De nos paupières demi-closes,
Pointillé de nuages roses
Qui glissent, frêles et divers.
Que nous importent tous les vers,
O Seigneur! et toutes les proses!...
L'azur nous sourit au travers
De nos paupières demi-closes.

Qu'importent tous les rêves fous
Qui s'agitent en ce bas monde,
Pourvu que la terre soit ronde
Et qu'on soit dessus, non dessous!
En vrais païens, enivrons-nous
De ces flots de lumière blonde...
Qu'importent tous les rêves fous
Qui s'agitent en ce bas monde!

Ne comptons ni le temps perdu,
Ni les cigarettes fumées,
Et méprisons les renommées
Qu'achète un labeur trop ardu!

Là-bas, le soleil descendu
Baise les vagues enflammées...
Ne comptons ni le temps perdu,
Ni les cigarettes fumées!

Le sot dira : « C'est végéter!
— C'est vivre bien! » dira le sage.
Cueillons le bonheur au passage
Quand le hasard veut l'apporter,
Et lézardons sans nous hâter
Devant ce divin paysage...
Le sot dira : « C'est végéter!
— C'est vivre bien! » dira le sage...

J'écris ces petits vers légers
Sous un pin que le vent caresse
D'un caresse enchanteresse
Où flotte un parfum d'orangers.
Que les zéphyrs, doux messagers,
Lecteur, les porte à ton adresse...
J'écris ces petits vers légers
Sous un pin que le vent caresse!

LETTRE A UNE PARISIENNE

Midi sonne au clocher de Cannes, lentement.
Sur la Croisette
Je vais de ci, de là, rêveur, tout en rimant
Cette amusette.

Il fait un bon soleil, clair, bienfaisant et gai;
La mer scintille;
Des bateaux pavoisés le long, le long du quai
Vont par flottille.

Près du square Brougham tous à la queue-leu-leu,
Chevaux étiques,
Les fiacres découverts trottent sous le ciel bleu,
Cherchant pratiques.

Pour un *lawn-tennis-part* trois Anglais, revêtus
De laine blanche,
Marchent, raquette en main, secs, anguleux, pointus,
Droits sur la hanche.

Les deux îles là-bas étendent dans le fond
Leurs formes rondes
Et sur le flot d'argent qui miroite, elles font
Des taches blondes.

On est heureux; on n'a ni chagrin, ni souci,
Ni deuil, ni peine...
O mignonne, avec moi venez passer ici
Une quinzaine!

Quittez Paris, quittez cet éternel hiver
Coiffé de givre;
Venez, quand le soleil se couche, voir la mer
Aux tons de cuivre!

Délaissez les Français, délaissez l'Opéra
Même Comique;
Délaissez le salon qu'un journal déclara
Académique!

Refusez les dîners aux menus frelatés
Connus d'avance;
Venez vous enivrer des sereines clartés
De la Provence!

Venez, et nous irons tous deux sans cache-nez
Et sans pelisses,
Courir sur les tapis de sable satinés
Par les flots lisses!

Nous nous reposerons sous les palmiers légers
Qu'un rien balance,
Et nous nous griserons de parfums d'orangers
Et de silence!

Si votre bourse est lourde et veut que d'un kilo
Quelqu'un l'allège,
Autour du tapis vert, vite, à Monte-Carlo
Prenons un siège.

Près d'un bourgeois naïf ou d'un grec trop malin,
L'âme aguerrie,
Jouons *l'impair*, *le manque* ou *le numéro plein*
Ou *la série!*

Venez vite, venez! Refuser serait mal!
Pour vous distraire,
Voici que justement Nice est en carnaval
Et veut vous plaire.

Vous mettrez une robe aux suaves couleurs
Pour cette fête;
Nous prendrons un landau qu'on remplira de fleurs
Par-dessus tête;

L'un et l'autre masqués, joyeux et bannissant
Spleens ou névroses,
Nous nous escrimerons contre chaque passant
A coups de roses!

Et quand un *confetti* tout blanc arrivera
Sur votre manche,
O mignonne, la peau sous l'étoffe sera
Encor plus blanche!

FLEUR D'ANGLETERRE

TOUTE claire, adossée aux collines, parmi
Les orangers trapus et les longs palmiers grêles,
Ainsi qu'un nid joyeux de prestes tourterelles,
L'élégante villa se dérobe à demi.

Ardent dévastateur des côtes provençales,
Le mistral n'atteint point son toit bien abrité;
Des crépuscules courts la brusque humidité
Ne pousse pas si haut ses caresses fatales;

Mais superbe, éclatant dans la splendeur du ciel,
Sur ce coin parfumé que le passant envie,
Le soleil verse à flots la lumière et la vie,
Et fait rêver tout bas d'un bonheur éternel.

Là, devant le perron aux colonnettes blanches,
Assise dans un *rocking-chair,* miss Héléna,
Pâle fleur d'Albion que le sort condamna,
Se réchauffe aux rayons glissant parmi les branches.

Triste et frêle, portant dans ses yeux de vingt ans
Le lent détachement des choses de la terre,
Elle songe aux brouillards de la froide Angleterre
Et regrette l'hiver au milieu du printemps.

En vain pour l'arracher à ses sombres pensées
Tout est joie autour d'elle, et sourire, et rayon...
Elle poursuit toujours la vaine illusion
Des choses tendrement et longtemps caressées.

Et c'est vers un mignon cottage à volets verts,
Au bord de la Tamise, enfoui sous le lierre,
Que s'envole, bien loin du pays de lumière,
Le regard de ses yeux vaguement entr'ouverts.

* * *

O Terre de Provence, ô terre douce et bonne,
Hospitalière à tous les souffrants d'ici-bas;
Sous tes gris oliviers toi qui ne connais pas
Les tristesses d'hiver ou les langueurs d'automne;

Terre d'or, d'où jaillit l'ardent alleluia
De toute une nature au soleil embrasée,
Que dis-tu de te voir à ce point méprisée
Par cette pâle enfant que le Nord t'envoya?

A quoi bon prodiguer la richesse odorante
De ta flore aux parfums subtils comme le miel
Et les rayonnements splendides de ton ciel
Devant cette cruelle et froide indifférente ?

Pour punir ses dédains, ne ferais-tu pas mieux
D'éteindre brusquement l'éclat de ton sourire ?
De fermer ce beau livre où son cœur ne peut lire ?
De cacher ces trésors que ne voient pas ses yeux ?

Mais non, non ! Loin de toi cette mesquine envie,
O Nature !... Pour tous ton amour est pareil !
Puisque la pauvre enfant sous ton brillant soleil,
Sous ton azur profond ne peut trouver la vie,

Tu veux t'associer du moins au prochain deuil
De cette fleur du Nord, aux pétales mi-closes ;
Et, sous ses yeux ingrats, tu fais naître les roses
Qui s'épanouiront demain sur son cercueil.

NOËL DU MIDI

JETANT follement ses notes perlées
Dans le bleu du ciel,
La cloche s'en donne à toutes volées...
Noël! C'est Noël!

Loin de la langueur pâle et monotone
Du Nord engourdi,
En me captivant, ton éclat m'étonne,
Noël du Midi.

Pour moi, jusqu'ici, Noël, c'était l'âtre
Tant de fois chanté,
Sa douce chaleur, sa vapeur bleuâtre,
Son intimité;

C'était, sous la neige épaisse et serrée
Tombant d'un ciel gris,
L'immensité blanche et comme sucrée
De mon vieux Paris;

C'était, aux lueurs jaunes des boutiques,
Les gens très pressés,
Suivant, à minuit, ombres fantastiques,
Les trottoirs glacés;

Bref, Noël avec sa neige ou ses brumes
Toujours me semblait
La fête du Froid, apportant les rhumes
Sous son mantelet.

*
* *

Ici, c'est l'aimable et rieuse fête
Du Soleil d'hiver,
Réchauffant gaîment le cœur et la tête
De son rayon clair;

Au loin, dans l'azur des flots immobiles
Tout pointillés d'or,
C'est le groupe blanc et coquet des îles
Pour fond de décor;

Partout, sur le port et sur la Croisette,
C'est le bruit joyeux
D'une foule vive, en fraîche toilette,
Le bonheur aux yeux;

Et sur ce tableau qui brille et rayonne
En tons éclatants,
Le sourire étrange et doux d'un automne
Qui serait printemps !

*
* *

Chez un confiseur, à la devanture,
Soudain j'aperçois
Un bonhomme Hiver, couvert de fourrure,
Soufflant dans ses doigts.

Timide et fluet sous sa barbe blanche,
Son grand chapeau blanc,
Le bâton en main, la hotte à la hanche,
Les verges au flanc.

Que peux-tu bien faire ici, mon bonhomme ?
Sous ce ciel rosé
Tu me fais l'effet d'un vieil astronome
Très dépaysé.

Va ! dépêche-toi de fuir la Provence !
Et suis mon conseil...
Car voici ton nez qui déjà commence
A fondre au soleil !

PREMIER JANVIER

Golfe Juan.

DEPUIS hier au soir le mistral a gémi.
Il s'apaise au matin. Sur le flot endormi,
Rien qu'un frisson léger, une caresse douce ;
Le long du sable d'or, une frange de mousse
Que la mer a laissée ainsi qu'un fin sillon,
Lentement s'évapore et fond dans un rayon.
Le soleil, déjà chaud, monte au-dessus de Nice.
Un air tiède, imprégné de senteurs de calice,
Chante parmi les pins et les orangers verts.
Coquette, dans le vent qui la prend en travers,
La barque va, glissant vers la pointe d'Antibes...

Et toi, pendant ce temps, jusqu'aux os tu t'imbibes,
Frère parisien, de pluie et de brouillard...
J'ai honte de ce doux far-niente de lézard,
Et voudrais t'envoyer au moins, par lettre close,
Pour ton premier janvier, un peu de ce ciel rose !

LES OURSINS

DANS les bas-fonds, parmi les transparences bleues
Que rayent seulement de l'éclair de leurs queues
Les vifs poissons d'argent fuyant en rangs pressés,
Aux flancs des rochers gris tachés de pâles mousses,
Dans l'échevèlement mouvant des algues rousses
Dorment les oursins hérissés.

Ils dorment renfrognés, combattifs et revêches,
Egratignant le flot de leurs aiguilles sèches,
Châtaignes de la mer au cœur vide et sanglant;
Ou déplacent parfois leur corps rond et sans tête,
Leur corps étrange, à moitié plante, à moitié bête,
D'un effort insensible et lent.

Et voici que là-haut, sur la surface lisse
De la mer scintillante, une grande ombre glisse...
C'est un canot qui vient, s'arrête et laisse choir
Dans la placidité des eaux immaculées,
Soutenu par deux mains, deux grosses mains hâlées,
En silence, un long roseau noir.

Le roseau meurtrier darde sa pointe mince
Dont le pêcheur a fait une terrible pince,
Droit vers l'oursin dormant son inerte sommeil,
Le saisit d'un seul coup, l'arrache à sa cachette,
Et sur le plancher sec de la barque le jette
        Ruisselant et noir, au soleil.

Puis aux marchés, dans les étalages humides,
Les châtaignes de mer, en frêles pyramides,
Attirent le regard du passant inconnu,
Et parmi les blancheurs des nappes, sur les tables,
S'en vont bientôt mourir, humbles et lamentables,
        Montrant leur pauvre cœur à nu.

Nice

LA PROMENADE DES ANGLAIS

La Promenade des Anglais
Est la promenade vantée
Qui bien chaude, bien abritée,
Voit passer les gens beaux ou laids...
Tout l'hiver elle est fréquentée
La promenade des Anglais.

La Promenade des Anglais
S'étend comme une longue queue;
D'un côté, la mer calme et bleue,
Et, de l'autre, un rang de palais...
Elle compte plus d'une lieue
La Promenade des Anglais.

La Promenade des Anglais,
Outre les Anglais — race blonde, —
Offre de tous les coins du monde
Les spécimens les plus complets...
Car l'univers entier inonde
La Promenade des Anglais.

La Promenade des Anglais...
Oh! non! assez!... Changeons de note!
En vain le soleil papillote
Sur les flots aux tons violets :
En disant ton nom, je grelotte,
O Pro-me-na-de-des-Anglais!

L'AVEUGLE

Trente ans à peine, mince, élégant, fort grand air,
Mais le regard voilé de brumes éternelles,
Je le vois, chaque jour, assis devant la mer,
Fixant sur l'horizon la mort de ses prunelles.

Il est seul. Un coupé savamment attelé
L'amène ; le laquais vient ouvrir la portière,
Et, lui prenant le bras, l'a bien vite installé
Sur un banc, seul, tout seul, pour la journée entière.

Un Russe, m'a-t-on dit, riche à vingt millions,
Restant ici l'hiver, sans amis, sans famille.
Le prodigue soleil l'inonde de rayons ;
La foule bigarrée autour de lui fourmille...

Mais que lui font la foule et le soleil en fleur,
Éclatant au zénith comme une orange mûre ?
Du soleil qui reluit il n'a que la chaleur ;
De la foule qui passe il n'a que le murmure.

*
* *

Oh! ne point voir, jamais! — Sentir autour de soi
Comme un vague remous de choses qu'on ignore;
Vivre, le front courbé sous cette triste loi,
Dans la nuit, dans la nuit, et dans la nuit encore!

Sans en pouvoir jouir, soupçonner seulement
L'ineffable beauté de la nature immense,
Panorama divin, suave enchantement,
Qui chaque jour finit, chaque jour recommence!

Au milieu des voyants marcher les yeux fermés,
Craindre un danger en tout, trouver tout redoutable,
Et ne connaître, hélas! dans les êtres aimés
Que la voix fugitive et non la forme stable!

Quel supplice cruel, en tout temps, en tous lieux,
Mais plus cruel peut-être et plus digne de plainte
En ces pays bénis où le soleil joyeux,
Loin des brumes du nord, s'étale sans contrainte;

Où les regards charmés trouvent, pour s'y poser,
De plus riants contours, des formes plus câlines;
Où la lumière d'or caresse d'un baiser
Le velours gris et vert tapissant les collines;

Où, dans un flot plus clair, reflet d'un ciel plus pur,
Le vaisseau plus léger plus doucement se mire;
Où la gaîté rayonne et vibre dans l'azur...
Où tout est grâce, ivresse, harmonie et sourire!

* * *

O pauvre riche, toi qui ne vis qu'à moitié,
Souffreteux et chétif parmi ces gaîtés roses,
Je songe, pris pour toi de profonde pitié,
A l'ironie étrange et cruelle des choses!

On eût pu te compter au nombre des heureux
En cette humanité dont la route est si sombre...
Mais tu n'es rien qu'un être infirme et douloureux,
Car, entre le bonheur et toi, se dresse une ombre.

Oui, je te plains, ô riche! et te verrai longtemps
Comme un spectre de deuil, très net, en ma pensée,
Au milieu des splendeurs de ces tons éclatants,
Sur ton banc, mince, noir, l'attitude lassée,

Tandis que ton cocher, au ventre sans rival,
Bâille à pleine mâchoire, ennuyé de t'attendre;
Et que ton grand laquais, debout près du cheval,
Frais et gourmé, sourit aux filles d'un air tendre.

EN YACHT

Le yacht aux mouvements coquets
Et très lents, s'éloigne des quais,
Puis, pris par la brise câline,
S'incline.

Rien que l'obscur bruissement
Du flot qui frôle doucement
Les courbes luisantes et blanches
Des planches.

Les cuivres flambants et polis
A chaque travers de roulis
S'éclairent, lueurs fugitives
Et vives.

A pic sur le pont bien verni
Le mât, mince et droit comme un I,
Découpe en noir sa silhouette
Très nette.

Le soleil, aux rayons amis,
D'accord avec la brise, a mis
Des frissons roses dans les toiles
Des voiles.

Et serrant le vent au plus près,
On file, dans un bain d'air frais,
Le corps heureux et la pensée
Bercée...

Oh! l'exquis mouvement sans bruit
Loin de la rive qui s'enfuit
Et, comme un trait barrant l'espace,
S'efface!

Oh! l'engourdissement léger
Et suave, à ne point bouger,
Quand autour de soi, dans l'air libre,
Tout vibre!

Oh! le mouvement très charmeur
Du flot, dont la vague rumeur
Adorablement monotone
Chantonne!

Oh! la neigeuse illusion
De voler, comme l'alcyon
Frôlant d'une aile bien ouverte
L'eau verte!

Oh! l'oubli pur, l'oubli profond
Des hommes et de ce qu'ils font...
Oh! la sensation trop brève
D'un rêve!

JOURNÉE DE PLUIE

Temps affreux cette nuit et toute la journée.
Il faut, l'esprit dolent, la mine chagrinée,
Demeurer à l'hôtel sans sortir un moment :
Quand il pleut, il pleut bien en ce pays charmant !
Devant cette eau tombant en fine baïonnette
On a, bon gré mal gré, l'impression très nette
D'un serment mal tenu, d'un contrat violé...
Le Midi sans soleil : on sent qu'on est volé !

Et, du matin au soir, ce sont traînasseries
En l'hôtel encombré de monde ; flâneries
Au billard, au salon de lecture, au fumoir,
En bas de l'escalier immense, où l'on peut voir
Les nouveaux arrivants, ahuris du voyage,
Happés comme serins au rebord d'une cage
Par l'ascenseur puissant et doux, qui mollement
Les enlève et les jette à leur appartement.

Fatigué de ce bruit inutile, on remonte
Pour écrire... une lettre au moins. C'est une honte

D'avoir été depuis si longtemps paresseux !
On s'installe à sa table, on rêve, on pense à ceux
De là-bas, aux amis qui sont restés *at home*...
N'ont-ils pas eu raison ? Imperceptible atome
Pour qui tout est effort, anxiété, danger,
L'homme, au fond, n'est-il pas un sot de voyager ?
De s'en aller courir les cités étrangères,
Se barbouiller l'esprit d'images passagères,
Quand il peut, au logis, tranquille près du feu,
Rien qu'en regardant vivre, en lisant quelque peu,
Apprendre autant, savoir autant et, sans secousse,
Mener parmi les siens une existence douce ?

Que triste est cette chambre avec ses carreaux gris
Tout ruisselants de pluie, et ses rideaux flétris
Par tant et tant de mains, et depuis tant d'années !
Triste, avec son lit mince, aux courtines fanées,
Avec ses meubles las du contact répété
D'une cosmopolite et terne humanité ;
La chambre à tout le monde, enfin, la chambre vague
Où, telle qu'une vague après une autre vague,
Succède, d'un élan qui n'est jamais lassé,
Le voyageur qui passe au voyageur passé...
Chambre mélancolique où l'on n'est plus soi-même ;
Où, loin des bibelots familiers que l'on aime,
On se sent seul, perdu, vulgaire numéro
Selon l'étage pris s'augmentant d'un zéro ;
Molécule que suit une autre molécule ;
Pauvre être détraqué qui circule, circule
Toujours, pour fuir l'ennui de vivre, ennui fatal...

L'Hôtel est le cousin germain de l'Hôpital !

. . . .

. . . .

Ce matin, ciel d'azur, soleil qui vous convie
A la joie, au bonheur... Hurrah ! Vive la vie !

JETTATURE

Comme nous regardions, à l'heure du couchant,
La mer tragique avec ses lueurs d'incendie,
La vieille Italienne en haillons, l'air méchant,
Parut et vint à nous d'une marche hardie.

Son long doigt décharné nous visant droit aux yeux,
Elle dit, d'une voix de sibylle sauvage,
D'étranges mots sur un rythme mystérieux...
Puis disparut dans l'ombre grise du rivage.

C'était le mauvais sort qu'elle lançait ainsi
Sur nos deux fronts voisins, la sombre *jettature :*
D'autres, à notre place, en auraient pris souci...
Nous, chère, nous avons souri de l'aventure.

Contre nos cœurs unis que peut le mauvais sort ?
Va ! je la bénirais plutôt, l'horrible femme,
Car ton bras s'attachait à mon bras bien plus fort
Tandis qu'elle parlait, — et ton âme à mon âme !

BATAILLE DES FLEURS

BATAILLE! Bataille! Bataille!
En haut, en bas, de tous côtés,
Jetez les fleurs, jetez, jetez...
Et les bouquets de toute taille...
Bataille!

Adieu soucis, ennuis moroses!
Sous la gaîté des cieux rosés,
Dans les paniers vite épuisés
Prenons, au bon soleil écloses,
Les roses!

Bataille! Bataille! Bataille!
A toi ce bouquet panaché,
Gros Anglais, sur ton *mail* juché,
Large et rond comme une futaille...
Bataille!

A vous ces fraîches violettes,
Jeunes gamines de seize ans,
Au teint de lait, aux yeux luisants,
Sautant de joie en vos toilettes
Simplettes...

Bataille! Bataille! Bataille!
La main prompte, l'œil aux aguets,
De ces projectiles coquets
Que sans cesse on se ravitaille...
Bataille!

Provençale à la brune tête
Qui me souris dans le soleil,
Pour toi le flamboiement vermeil
De ces œillets, fleurs de poète
En fête!

Bataille! Bataille! Bataille!
Promptes ripostes! Bons coups droits!
Sachons, en escrimeurs adroits,
Frapper d'estoc, frapper de taille...
Bataille!

Dame de haute bicherie
Qui sournoisement me visas,
A toi ces jaunes mimosas,
Double salve d'artillerie
Fleurie!

Bataille! Bataille! Bataille!
Oh! les jolis combats galants
Sans coups mortels, sans chocs sanglants,
Sans blessure ni même entaille!
Bataille!

Sur mon nez une renoncule...
Une jacinthe dans mon cou...
Pif! Paf! Attrape!... Un rire fou
De l'un à l'autre véhicule
Circule...

Bataille! Bataille! Bataille!
Éclatante Fête des Fleurs,
Fête des parfums, des couleurs,
Qu'un autre que moi te détaille...
Bataille!

Les voitures enrubannées
Vont toujours à la queue-leu-leu...
L'air fraîchit sous le ciel moins bleu...
Les fleurs s'effeuillent piétinées,
Fanées...

Qu'importe?... Bataille! Bataille!
Et jusqu'aux dernières clartés,
Jetez les fleurs, jetez, jetez...
Et les bouquets de toute taille...
Bataille!

CARNAVAL

TOUTE une ville en fête et tout un peuple en joie.
On marche, on court, on danse, on s'agite, on s'envoie
Droit aux trous noirs que font les masques grillagés
Avec des rires secs, des gestes enragés,
Les *confetti* cinglants, par tas, par avalanches;
Les dominos pressés mêlent leurs taches blanches,
Mauves, vertes, lilas, violettes... Cela
Grouille sous un soleil qui s'est mis du gala,
Un soleil printanier qui, dans l'air diaphane,
Rit paternellement à la gaîté profane
Et sur les oripeaux mobiles, les paillons,
Accroche la douceur fixe de ses rayons.

Oui, liesse complète, heures brèves et vaines;
Oubli court, mais complet, des misères humaines;
Illusion nouvelle et charmeuse à la fois
De vivre en un pays qui n'aurait d'autres lois
Que le plaisir constant, le plaisir sans contrôle;
Où tout serait brillant, étourdissant et drôle;

Où, sans songer jamais aux douteux lendemains,
On s'en irait, toujours content, par les chemins ;
Où, Crésus ignorant des fâcheuses « débines »,
Fréquentant des boudoirs farcis de Colombines,
On sentirait en soi, prestigieux coquin,
L'âme multicolore et fraîche d'Arlequin !

Mais cette illusion si suavement folle
Par degrés s'atténue, et s'efface, et s'envole ;
A croiser tous ces corps sans sourire, sans yeux,
Ce tourbillon hurlant de gens mystérieux,
Ce problème vivant, cet inconnu de l'être
Qu'on ne peut pénétrer plus qu'il ne vous pénètre,
On éprouve comme un étrange mouvement
De tristesse, au milieu de cet enivrement...
Ce flot d'humanité voilée, énigmatique,
Vous oppresse à l'égal d'un rêve fantastique ;
On se sent l'âme vide et le cerveau troublé
Par cet incognito toujours renouvelé ;
Une fièvre vous prend, un vertige, une rage
De voir enfin, de *voir* une tête, un visage ;
De brusquement saisir, de tordre, d'arracher
Un de ces masques noirs obstinés à cacher...
On s'énerve, on s'irrite, — et l'on cherche enfin, comme
Diogène, parmi ces fantômes, un homme !

LES GRELOTS D'OR

Lendemain de Carnaval.

LESTE comme un perdreau qui trotte
Au jour levant,
A la main tenant sa marotte,
Le nez au vent,
Secouant la gaîté jolie
De ses grelots,
Un beau matin, dame Folie,
Le long des flots
De la mer ourlée en dentelle
Qui chantonnait,
Sans savoir où, droit devant elle
Se promenait.
Soudain, au détour d'une roche,
Sur son chemin
Une vieille femme s'approche,
Et tend la main.
Sur ce cadavre qui mendie
En ses haillons,

Le soleil verse l'incendie
De ses rayons.
Le pas joyeux de la Folie
S'est arrêté :
« Qui donc es-tu, je t'en supplie ?
— La Pauvreté.
Quand tout sourit, moi je suis seule
Triste à mourir;
Personne ne veut, pauvre aïeule,
Me secourir.
— Personne, dis-tu ? Quel blasphème !
Tais-toi ! tais-toi !
Pour alléger ta peine extrême
Je suis là, moi ! »
Et, s'irritant contre un reproche
Immérité,
Dame Folie ouvre sa poche
Avec fierté...
Vide, grand Dieu ! tout à fait vide !
Le Carnaval
Vient de finir et, monstre avide,
L'a mise à mal.
Que faire, hélas ? quel parti prendre ?
Oui, quel moyen
De témoigner d'une âme tendre,
Quand on n'a rien ?
Rien ?... Rien ?.... — Si fait ! Dame Folie
Possède encor
Sur sa jupe au soleil pâlie
Ses grelots d'or.

Elle les arrache, très prompte,
Et d'un ton doux :
« Prends, pauvre femme, prends sans honte
Ces vains joujoux !
Ils ont l'air, en dansant leur ronde,
De rire entre eux...
Mais comme les plaisirs du monde,
Vois, ils sont creux !
— Sois bénie, ô toi qui m'assistes ! »
Dit en tremblant
La sombre vieille aux regards tristes,
Au front tout blanc.
Quand à ce point ton cœur s'oublie
En sa bonté,
Tu ne t'appelles plus Folie,
Mais Charité ! »

Monte-Carlo

FÉERIE TRAGIQUE

Un décor de théâtre, avec son édifice
Pompeux et surchargé, sa nature factice,
Ses aloès géants rangés en espaliers,
Sa place minuscule aux larges escaliers
Et, pour toile de fond, la montagne âpre et grise.

L'œil ébloui s'étonne et verrait sans surprise
Quelque prince grotesque aux bas jaunes ou verts,
Démarche titubante et couronne à l'envers,
Hurluberlu Quatorze ou seigneur de la sorte,
S'avancer dignement, entouré d'une escorte
De gardes moustachus et casqués de fer-blanc ;
Puis, se tournant soudain vers l'escadron volant
Des danseuses, brillant en sa magnificence,
Crier : « Et maintenant, que la fête commence ! »

Le soleil déjà bas enflamme l'horizon.

Seul, devant le palais, parmi la floraison
Des roses de Bengale et des palmiers d'Afrique,

Un homme est là, debout. Sur ce tableau féerique
Il attache un regard vague et comme hébété ;
Autour du tapis vert il a longtemps lutté :
La Fortune marâtre a fait sa poche vide.
Et très pâle, sentant le vent du suicide
Affoler sa pensée et lui brûler le front,
Il contemple, au lointain, le soleil rouge et rond,
Et vers ce louis d'or dont les clartés descendent,
Comme pour le saisir, ses mains sèches se tendent...

GODICHONNETTE

Un matin d'hiver engourdi,
Sentant sa bourse un peu... jeunette :
« Si je partais pour le Midi ?
Se dit soudain Godichonnette.

« Pour éviter un Waterloo
Dont la menace est torturante,
Si j'allais à Monte-Carlo
Essayer du trente-et-quarante ?

« D'ailleurs, j'ai beaucoup toussoté...
Je vais mal... le froid m'importune...
Vite ! refaisons ma santé
Tout en refaisant ma fortune ! »

Godichonnette avec entrain
De ses robes emplit trois malles
Et, le soir même, prend le train
Qui mène aux rives provençales.

Pensant avant tout au moyen
D'éviter une banqueroute,
Godichonnette ne voit rien
Tout le long, le long de la route.

Pour elle, point de flots d'azur,
Point de chaude lumière blonde :
Elle songe à son gain futur,
Et rêve aux trésors de Golconde.

Aussitôt à Monte-Carlo,
Sans hésiter, elle s'élance
Dans le douteux méli-mélo
Des joueurs pontant en silence.

D'un ami, mondain très subtil,
Qu'aux cartes personne n'égale,
Godichonnette a, paraît-il,
Une infaillible martingale.

Elle gagne, elle gagne encor.
En ses fines menottes blanches
S'amoncellent les louis d'or
Et les billets par avalanches.

Une fortune ? La voilà,
Qui dépasse son plus beau rêve.
Elle pourrait s'arrêter là...
Mais est-on pour rien fille d'Eve ?

Le lendemain — fatalité! —
La chance, folle girouette,
Prend le vent d'un autre côté...
Pauvre, pauvre Godichonnette!

Elle reperd en peu d'instants,
Le nez long et basse l'oreille,
Tous ces beaux louis éclatants
Qu'elle avait amassés la veille.

Mais le sort a de ces retours
Déjouant la science humaine...
Elle se dit : « Luttons toujours
Avec une âme de Romaine! »

Suivant la chance du moment
— Tantôt ciels purs, tantôt averses —
Godichonnette, vaillamment,
Subit des fortunes diverses.

Hélas! hélas! le mauvais sort
S'acharnant sur sa pauvre tête
Est décidément le plus fort :
Il faut fuir devant la tempête!

La martingale de l'ami,
Hélas! ne valait rien qui vaille!
Cet ami n'est qu'un ennemi...
Pour ne pas dire une canaille!

Godichonnette, sans entrain,
Remet ses robes dans ses malles;
Le soir même, elle prend le train
Qui fuit les côtes provençales;

Et, pensant toujours au moyen
D'éviter une banqueroute,
Godichonnette ne voit rien
Tout le long, le long de la route.

Pourtant, ce bon mois au soleil,
En dépit des soucis moroses,
A fait son visage vermeil
Et sur son teint semé les roses.

Aussi, quand, depuis son malheur,
Ignorant sa brusque ruine,
Tel ami vient, la lèvre en fleur,
Lui dire : « Oh! la superbe mine! »

Quand tel autre, très emballé,
S'exclame : « Oh! le Midi! Quel rêve!
Ciel bleu!... Pins verts!... Flot ondulé
Mourant doucement sur la grève!... »

Oui! quand tous s'en viennent glapir
Autour d'elle leurs fausses notes,
La pauvrette pousse un soupir
Et murmure entre ses quenottes :

« Le Midi ?... Pays trop vanté...
Ne vaut pas la lointaine course.
Bon peut-être pour la santé...
Mais détestable pour la bourse ! »

EN SORTANT DES SALLES DE JEU

Oui, le spectacle est bas et vil de cette foule,
De ce piétinement silencieux, qui coule
Autour des tapis verts où, légers et brutaux,
Dans un cliquetis d'or circulent les râteaux;
Ignoble, cet amas de têtes sans pensée,
L'œil ardemment fixé sur la bille lancée,
Et, selon que le sort amène rouge ou noir,
Se crispant de dépit ou s'éclairant d'espoir;
Horrible, à soulever le cœur le moins farouche,
Ce monde inquiétant et douteux qui vous touche :
Jeunes hommes trop bien vêtus, trop élégants,
Un diamant à la cravate et point de gants;
Vieux messieurs décavés dont le doigt de squelette
Allonge une timide mise à la roulette;
Inventeurs incompris de systèmes garants
D'un gain toujours certain, et qui n'ont pas vingt francs;
Maniaques pointant chaque coup sur des fiches;
Gens superstitieux s'entourant de fétiches;
Parisiens tarés, étrangers de tous lieux,
Bruns, blonds, roux, arborant sur des revers soyeux

Leurs décorations savamment travaillées...
Et les femmes surtout, les femmes!... Maquillées,
Les cheveux mal peignés, mal teints, les yeux noircis;
De maladroits crayons ponctuant les sourcils;
Un fard prêt à tomber plaqué par les voilettes;
D'extravagants chapeaux, d'impudentes toilettes
Dont le luxe taché vous heurte et vous salit;
Le camp plus triste encor des vieilles, que pâlit
L'âpre désir du gain, la fièvre solitaire
Du petit jeu mesquin, rapace, terre à terre,
Ne dépassant jamais le taux le plus discret,
La pièce de cent sous avancée à regret
Et que l'œil suit d'un bout à l'autre de la table...
Oui, navrant tout cela, navrant et redoutable!

On songe à quelque étrange et beau Palais du Mal
Où le démon du jeu, fantastique animal
A la griffe d'argent et d'or, bien acérée,
Saisit le pauvre humain aussitôt son entrée,
Et sous ces hauts lambris d'un luxe éclaboussant
Lui déchire le cœur et lui suce le sang...

. . . .

. . . .

Combien pur, au sortir des salles étouffées,
Le grand air, arrivant du large par bouffées!

Retour

RETOUR

Neuf heures du matin... Paris! On entre en gare,
Les yeux gros de sommeil.
Fini, le rêve d'or! Eteint, le brillant phare
Qu'allumait le soleil!

Adieu, la côte douce où les brises câlines
Allaient, rasant le sol!
Adieu, la mer! Adieu, panache des collines,
Le grand pin parasol!

Les cochers, dans la cour, attendent en silence;
Le ciel se fond en eau.
Sec depuis trop longtemps... Dieu me voit, et me lance
Tout un fond de tonneau!

Dans le fourmillement de la ville enfiévrée,
Dans l'éternel remous
De ce torrent humain, molécule ignorée,
Vite, replongeons-nous!

Dès demain, ce seront les mêmes choses faites
Et faites tant de fois;
Les mêmes serrements de mains, les mêmes têtes
Avec les mêmes voix;

Les mêmes magasins, les mêmes coins de rues,
Les mêmes ciels lavés,
Et les mêmes... serins croisant les mêmes... grues
Sur les mêmes pavés;

Et les mêmes dîners dressant les mêmes cônes
De petits fours branlants;
Et, sur les boulevards, les mêmes fiacres jaunes
Aux mêmes chapeaux blancs!

Courses, ennuis, tracas, — contre lesquels s'insurge
Chacun, à tout propos!
Sempiternel manège où, moutons de Panurge,
Nous tournons sans repos!

Paris, Paris fiévreux, Paris fou, Paris blême
Sous ton ciel attristant,
Ah! qu'on te maudirait, qu'on te haïrait même...
Si l'on ne t'aimait tant!

Au Soleil

(SONNETS)

LE RAPIDE

En son cahotement de colossal joujou
Laissant derrière lui sa blanche chevelure,
Brusquement, le Rapide arrive, à pleine allure,
Et sort du noir tunnel comme un serpent d'un trou.

C'est, pendant un instant, le halètement fou
De la bête d'airain à la large encolure;
Une sensation de heurt et de brûlure...
Puis tout cesse, et le train s'enfuit on ne sait où.

Ainsi passe la vie. Inquiète, agitée,
Vers un but invisible elle glisse, emportée
Par l'ambition vaine, au souci décevant;

Tout à coup la mort vient, implacable et funeste...
Et de tout cet effort inutile, il ne reste
Qu'un lambeau de fumée entraîné par le vent.

LE CAGNARD

Cannes.

Au creux d'un rocher gris piqué de taches rousses
Qui surplombe la mer d'un mouvement hardi,
Trouver, sous le soleil bienfaisant de midi,
Un nid silencieux capitonné de mousses;

Comme en un lit moelleux s'y glisser sans secousses,
Et, dans le nonchaloir du fakir engourdi,
L'âme flottante et vague et le corps attiédi,
Y rêver doucement à des choses très douces...

Voilà, Parisiens mes frères, ce qu'ici
Aux heures d'indolence et de bon sans-souci
La clémence du ciel à tout instant nous donne;

C'est le divin « cagnard », le repos au soleil;
C'est le mélange exquis, sous l'azur qui rayonne,
De la demi-pensée et du demi-sommeil.

NOTRE-DAME DE LA GARDE

Marseille.

Vers toi, vers ta paisible et royale statue
Que le soleil levant dore de ses clartés,
Que d'anxieux désirs, que de vœux sont montés,
Tristes oiseaux volant à travers l'étendue!

Aux pays noirs, brisés par la fièvre qui tue;
En mer, jouets des vents et des flots irrités,
Combien de Provençaux — fils des champs, des cités —
T'adressèrent de loin leur prière éperdue!

Bonne Mère! ton nom, frais comme le baiser
Que sur un front d'enfant la lèvre vient poser,
Chante au cœur des absents et leur rend le courage;

Ils t'aiment, vois-tu bien, d'un amour doux et fort,
Car tu les suis de loin au milieu de l'orage,
Et leur souris de près quand ils rentrent au port.

CABANONS MARSEILLAIS

Marseille.

En haut, en bas, partout, allongeant leurs chaînons
Sur les flancs rocailleux de la Corniche blanche,
Déserts, abandonnés, mal clos d'un bout de planche,
Qu'ils sont tristes, l'hiver, les petits cabanons!

Pendant les mois d'été, pleins comme des canons
De bruyants Marseillais, d'humeur bavarde et franche,
Du matin jusqu'au soir, et surtout le dimanche,
Ils résonnaient, boun Dious! pis que des tympanons!

Ce n'étaient que festins, que bombances, que noces!
Mais les grands vents du nord, aux ronflements féroces,
Ont chassé du logis les frileux habitants,

Et, tout minusculets sous le mistral en rage,
Pour vibrer à nouveau de leur joyeux ramage,
Les petits cabanons attendent le printemps.

CHEZ ROUBION

La Réserve, Marseille

Nul pessimiste sombre, inquiet, maladif,
Qui ne croie au bonheur, ne guérisse et n'espère,
Grâce à cette cuisine ardente, que tempère
L'air de mer, le grand air, divin palliatif.

De l'immense salon où l'or en pendentif
Atteste la maison superbement prospère,
Quelle vue admirable et gaie... O Dumas père,
Tu nous souris là-bas du haut du Château d'If!

Pèlerinage aimé, Mecque gastronomique,
O Roubion, jamais ton nom patronymique
Ne connaîtra l'angoisse amère de l'oubli,

Car tu sais réunir, charmant le corps et l'âme,
Devant ces flots d'azur, devant ce ciel de flamme,
La rude bouillabaisse au fin ravioli!

PEINTRE D'ENSEIGNES

Monte-Carlo.

COURT veston de velours râpé, mais bien tenu,
Tête fine, cheveux insouciants du peigne,
Un peintre italien, dessinant une enseigne,
Apparaît, grêle et noir, sur le grand mur tout nu.

C'est, à n'en pas douter, quelque artiste inconnu,
En qui l'amour du Beau de tout temps vibre et règne;
Mais il faut que l'on vive, il faut que l'on s'astreigne
Aux rancœurs d'un travail obscur et continu.

Jadis, aux jours heureux d'espoir et de folie,
Enfant dégénéré des Maîtres d'Italie,
Il s'est rêvé vainqueur, créant un art nouveau;

Aujourd'hui déjà vieux, touchant au crépuscule,
Il songe, en fignolant un bel A majuscule,
Au chef-d'œuvre mort-né qui pleure en son cerveau.

LES RETRAITÉS D'ANTIBES

Antibes.

Hors la ville, sur les glacis peu fréquentés,
Capitaines de troupe, officiers subalternes
Sortis du rang, ayant porté sacs et gibernes,
Les voyez-vous là-bas, les bons vieux retraités ?

Du moindre mistralet avec soin abrités,
Alignés sur un banc, comme au seuil des casernes,
Sanglés dans leurs habits de coupes peu modernes,
Ils grillent au soleil leurs corps débilités.

La mer, qu'un souffle d'air imperceptible ride,
Étale devant eux son horizon splendide;
Mais ils n'ont que mépris pour ce tas d'eau banal,

Et, d'un œil connaisseur où tout un passé glisse,
Ils regardent au loin, sur le champ d'exercice,
Quatre petits lignards qu'instruit un caporal.

LES ALOÈS

Cannes.

Au gras pays normand, le long des côtes gaies
Où la mer vous sourit entre deux pommiers verts,
Qu'ils filent joliment, les frais sentiers couverts,
Parmi les blés dorés et les châtaigneraies !

Avec son ombre fine et les mouvantes raies
Que le soleil y trace en filtrant au travers,
Combien délicieuse, en ses aspects divers,
La clôture élégante et légère des haies !

Ici, formant bordure aux chemins secs et durs,
Les rudes aloès dressent comme des murs
Leurs enchevêtrements de foule hérissée ;

Et, sur le sol pelé s'élevant en vigueur,
Semblent de grands poignards en tôle vernissée
Qui viennent droit à vous pour vous piquer au cœur.

LAWN-TENNIS

Cannes.

LA-BAS, devant la mer coquette
Qui déroule ses bleus galons,
Souliers blancs et blancs pantalons,
Foulard blanc et blanche jaquette,

Blanc, blancs, blancs jusqu'à la casquette,
Quatre Anglais anguleux et blonds,
A droite, à gauche, à reculons
Allongent des coups de raquette.

Sérieux pontifes du sport
Comme poussés par le ressort
D'une subtile horlogerie,

Ils ont l'air, bien articulés,
De ces pantins qu'on voit sur les
Anciens orgues de Barbarie.

LE CUIRASSÉ

Golfe Juan.

Ce n'est plus l'élégante et fine goélette
Mirant ses mâts légers dans l'azur du flot clair,
Ou, quand il vente frais, se jouant sur la mer
Au milieu de l'écume, ainsi qu'une mouette.

Ce n'est plus la frégate aux façons de coquette
Qui fond sur l'ennemi, plus prompte que l'éclair;
Ce n'est plus le trois-mâts portant, superbe et fier,
Ses quatre-vingts canons dans sa coque muette.

Sombre, bardé de fer, les flancs sans ornement,
Le cuirassé s'élève ainsi qu'un monument
Au-dessus de la mer lisse comme une plaine;

Mais, par sa lourdeur même, il a sa majesté,
Et, chauffant au soleil sa panse large et pleine,
Immense, il paraît grand malgré l'immensité.

TABLE D'HÔTE

Nice.

Derrière le vitrail de la fenêtre haute,
En passant par la rue, à sept heures, le soir,
Dans la salle à manger de l'hôtel on peut voir
S'allonger jusqu'au fond l'immense table d'hôte.

Ils sont bien là deux cents, alignés côte à côte,
Avec le sérieux d'un austère devoir,
Mastiquant humblement quelque chose de noir
Sous un gaz inégal qui vacille et qui saute.

Du dehors, où le bruit des voix n'arrive pas,
Ils semblent, retenus de force à ce repas,
Manger dans le silence et causer dans le vide;

Si bien qu'on jurerait, dans un décor très « chic »,
Une troupe discrète et sagement avide
De grands singes dressés à dîner en public.

LA NEIGE

Menton.

Oh! rien, rien, moins que rien!... Une très mince couche,
Un soupçon, un semis léger de sucre blanc
Que cette nuit, du fond d'un nuage, en volant,
Fit tomber quelque dieu malin et peu farouche.

De la neige, pourtant! On s'étonne, on la touche
D'une main curieuse, avec un geste lent,
Comme un produit très rare, au grain étincelant,
Et des enfants naïfs en portent à leur bouche.

En ces climats bénis à l'hiver si clément,
La neige est un sourire, un divertissement,
Une farce du Ciel qui lutine la Terre

Et, tel qu'un vieux galant aux charmes surannés,
Profitant de la nuit, de l'ombre et du mystère,
Lui jette en badinant un peu de poudre au nez.

LES CONFETTI

Carnaval de Nice

ENTRE les chars bondés de masques
Et les landaus enrubannés
Ce sont des duels acharnés,
Des rires montant par bourrasques...

Les dominos, coiffés de casques,
En leurs gestes désordonnés
S'agitant comme des damnés,
Ont des envolements fantasques.

Mitraille de ces jeux galants,
Les confetti, durs et cinglants,
Fendent l'air par masse pressée,

Et le soir, après les combats,
Ensevelissent la chaussée,
Fine grêle qui ne fond pas.

LE PAVILLON

Toulon.

A l'arrière d'un grand transport en quarantaine
Qui, dans le soir tombant, semble presque endormi,
Un point ténu, que l'œil ne perçoit qu'à demi...
Un hochet, animé par la brise incertaine...

Une chose à la fois puérile et hautaine...
Un jouet enfantin, gros comme une fourmi...
Un peu de bleu, de blanc et de rouge, parmi
Les splendeurs du couchant où fuit la mer lointaine.

Un rien, pour qui l'on va vers l'Orient, là-bas,
Aux terribles pays d'où l'on ne revient pas,
Un rien pour qui l'on meurt, un rien pour qui l'on prie,

Un rien qui semble tout aux fils d'un même sang...
Un rien que l'on salue avec l'âme, en passant...
Une toile... une loque... un chiffon... La Patrie!

La Mort des Roses

LA MORT DES ROSES

Cannes.

DANS la chambre tranquille un rayon de soleil
Tombant, comme un trait d'or, des persiennes mi-closes
Met un scintillement immobile et vermeil
Sur un bouquet de roses.

Chez le fleuriste où je les choisis l'autre jour
Une par une, avec des lenteurs coutumières,
Elles avaient le charme et l'élégant contour
Des jeunesses premières.

S'arrondissant en un délicat corselet,
Les feuilles se paraient de leur grâce frisée,
Et du cœur vierge et tendre un parfum s'envolait
Frais comme une rosée.

Depuis lors, sur leur ferme et robuste beauté
Quatre jours ont passé... pour elles cent années !
Le temps les effleura d'un vol précipité...
Et les voilà fanées.

Les voilà, parmi les flamboiements éclatants
Que le soleil accroche au grand vase de cuivre,
Mourantes, et, n'ayant vécu que peu d'instants,
Déjà lasses de vivre.

Les tiges sans vigueur, prises d'accablement,
S'amoindrissent en leur courbure molle et lente;
Le glorieux parfum devient perfidement
D'une âcreté troublante.

Les feuilles ont perdu le velouté soyeux
Dont s'enorgueillissait la splendeur de leurs charmes,
Et, par grappes, sur le tapis silencieux
Roulent comme des larmes.

Et voici qu'en un rêve étrange, je perçois,
Tel qu'un susurrement lointain d'eaux murmurantes,
Le son grêle et plaintif de très petites voix,
Les voix des fleurs mourantes...

*
* *

— « Ma sœur! ma sœur! comme je tremble!
Fait une pâle rosé-thé;
Ah! viens plus près, viens... il me semble
Me réchauffer à ton côté! »

— « Ma sœur! ma sœur! comme je souffre! »
A douloureusement gémi
Une rose d'un jaune soufre
Qui déjà se pâme à demi.

— « Ma sœur! ma sœur! j'ai froid dans l'âme!
Mon dernier moment est venu... »
Dit une autre, rouge de flamme,
Dont le pauvre cœur est à nu.

— « Dans le vallon où je suis née
Que n'ai-je pu mourir aussi!
Dit une rose safranée.
La mort m'eût été sans souci!

« Sans révolte, à mon tour flétrie,
Victime du sort à mon tour,
A la terre qui m'a nourrie
J'aurais été rendue un jour... »

Une candide rose blanche,
Dit : — « Moi, je rêvais d'un trépas
Plus doux... Par quelque clair dimanche,
Dans l'humble église de là-bas,

« Sur l'autel que la croix protège
Je rêvais, parmi les encens,
De m'effeuiller en pleurs de neige
Le long des cierges jaunissants... »

Une rose d'un rose tendre
Dit : — « Moi, j'avais pour idéal
De mourir — faut-il m'en défendre ? —
Sur le sein d'une femme, au bal,

« Sur le sein d'une femme blonde,
Près, tout près des clairs diamants
Qui caressent sa gorge ronde
De lumineux frémissements ! »

Une voix murmura, plus sombre,
Et comme lasse de l'effort :
— « Moi, j'avais rêvé d'être au nombre
De celles qu'on offre à la mort;

« De celles qu'on dépose en gerbes
Sur les cercueils épais et lourds,
Et qui de leurs blancheurs superbes
Illuminent les noirs velours.

« Nobles fleurs, dont la grâce pure
Associe, aux pieds des autels,
L'éternité de la nature
Aux deuils passagers des mortels ! »

Ainsi, d'une voix chagrinée,
Les pauvres roses, humblement,
Se plaignaient de la destinée
Que leur fit un ciel inclément...

Mais l'une d'entre elles, plus sage :
— « Je sens ainsi que vous, mes sœurs,
S'effeuiller mon frêle corsage...
Avec vous je souffre et je meurs.

« Mais combien — si triste sans doute! —
Plus triste eût été notre sort,
Si nous avions suivi la route
Qui mène aux froids pavs du Nord!

« Vous devinez cette torture!
Partir rapidement, un soir,
En quelque boîte mince et dure
Jetée au fond d'un wagon noir...

« Loin, bien loin de nos rives bleues,
De la mer au flot pailleté,
Courir, courir pendant des lieues,
Courir toute une éternité...

« Puis, au fond des chambres chauffées
D'un air factice et déprimant,
Parmi les lourdeurs étoffées
Des rideaux drapés savamment,

« Une angoisse étrange, accablante,
Dans le vase aux sèches parois...
La mort enfin, lente, si lente
Que l'on croirait mourir deux fois!

« Ah! que notre fin est plus douce
Ici, dans le pays natal!
Nous nous flétrissons sans secousse,
Loin du Nord froid, du Nord brutal...

« Le clair rayon qui nous arrose
D'un ruissellement sans pareil,
Roses, nous donne un linceul rose
Fair de lumière et de soleil!

« Soleil qui caresse et pénètre,
Soleil aux frôlements berceurs,
Soleil connu, qui nous vit naître...
Ne nous plaignons pas, ô mes sœurs! »

*
* *

La rose ainsi parlait à ses sœurs condamnées.
Un silence se fit, approuvant son discours;
Silence ourlé du bruit fin des feuilles fanées
Tombant, tombant toujours;

Tombant sur le tapis en molles avalanches,
Sur le tapis vulgaire, aux banales couleurs,
Qui devenait, tout pointillé de taches blanches,
Cimetière de fleurs...

Et je pensais à nos cimetières moroses
Où, dans l'apaisement des sépulcres fermés,
Dorment — car ici-bas tout meurt, hommes et roses —
Les chers êtres aimés !

La Revanche du Diable

LA REVANCHE DU DIABLE

Aux premiers temps, quand Dieu, de sa main colossale,
Créait, en se jouant, la terre provençale
Quelque matin frais et vermeil,
Il dit, près d'achever la tâche commencée :
« O Terre! tu seras au midi caressée
Par la mer et par le soleil.

« Cette mer sera douce, et clémente, et bénie;
Les nefs d'or glisseront sur sa splendeur unie
Par de larges et sûrs chemins;
Si les orages noirs éclatent sur ses grèves,
Ils s'envoleront vite, et leurs colères brèves
Auront de calmes lendemains.

« Ce soleil sera chaud, et brillant, et superbe ;
A l'appel de l'aurore, il dénouera la gerbe
De ses javelots enchantés ;
Et, quand le soir tombant finira sa carrière,
Il plongera dans l'ombre, en laissant en arrière
L'adieu sanglant de ses clartés.

« Ainsi tous deux unis, soleil d'or, mer jolie,
Feront de cette terre une terre accomplie
Où, comme aux pays fabuleux,
Les arbres les plus beaux, les fleurs les plus aimées
Mêleront dans le vent leurs senteurs embaumées
Sous l'éclat des ciels toujours bleus ;

« Une terre où les yeux n'auront rien qui les blesse ;
Où l'air subtil sera d'une étrange souplesse,
Le flot finement argenté ;
Où l'hiver indulgent rappellera l'automne...
Un coin du Paradis que d'avance je donne
A la future Humanité.

« C'est là qu'elle viendra, par foules empressées,
Fuyant la neige épaisse et les villes glacées,
Fuyant les horizons ternis,
Chercher, dans la tiédeur des maisons bien fermées,
Ainsi qu'un vol d'oiseaux cachés sous les ramées,
La molle illusion des nids.

« C'est là qu'arriveront les souffrants de la vie,
Dont la santé débile, aux douleurs asservie,
Réclame un air paisible et pur;
Là que les attendra le repos salutaire...
Et tous, reconnaissants, t'appelleront, ô Terre,
D'un nom charmant : Côte d'Azur! »

*
* *

Telles furent, jadis, les paroles divines.
Mais compère Satan a les oreilles fines :
Comme il baguenaudait par là,
Il put — car Dieu n'est pas assez prudent — l'entendre,
Et, rendu furieux par ce discours si tendre,
Entre ses dents il grommela :

— « Oui! la Côte d'Azur sera belle entre toutes;
Oui! les hommes viendront, empressés, par les routes,
Par les chemins les plus divers,
Admirer, chaque hiver, cette ardente nature,
Et pourront, sans soucis, errer à l'aventure
Sous le ciel bleu, près des flots verts;

« Oui ! bercés par le chant des bruissantes palmes,
Ils goûteront les jours sereins, les heures calmes
Et l'apaisement désiré ;
Mais, ô Dieu tout-puissant dont la bonté m'outrage !
A ton œuvre d'amour je mêlerai ma rage,
Et ma revanche, je l'aurai !

« Si tu guéris leurs corps, moi je perdrai leurs âmes ;
La passion du Jeu, de ses griffes infâmes,
Fouillera les cœurs déchirés,
Et les échos hurleurs de ces rives de joie
Connaîtront les sanglots farouches, où se noie
La douleur des désespérés ! »

Et c'est pourquoi, les temps venus, sur une roche
Dont nul avis sauveur ne signale l'approche,
Sur une roche au bord de l'eau,
Le Diable, en un recoin de la corniche blanche,
Bâtit, pour assurer sa perfide revanche,
Le palais de Monte-Carlo !

Pages de Bonheur

PAGES DE BONHEUR

(EXTRAITS DU JOURNAL L'UNE JEUNE MARIÉE)

Cannes, 3 décembre.

Un matin radieux, souriant, enchanté...
A la fin de l'automne une douceur d'été.
Devant moi la mer bleue; et là, sous mes croisées,
Tout imprégnés encor de furtives rosées
Les jardins de l'hôtel où, parmi les roseaux,
Volète en babillant une bande d'oiseaux.

Est-ce bien vrai?... Huit jours à peine, et tant de choses!
Après le mariage et le lunch, vitres closes,
A grand train, le coupé filant dans le soir gris
Le long des quais déserts, jusqu'au bout de Paris;
La gare lumineuse et sonore, remplie
De gens semblant atteints de la même folie,
Vifs, pressés, ahuris, bousculés, bousculeurs;
Le sleeping réservé qu'*il* a garni de fleurs;
Le rapide fendant nerveusement l'espace;
Bientôt, un lourd sommeil d'enfant... (j'étais si lasse!)

Qui me ferme les yeux... en écoutant sa voix
Je m'endors sur son cœur pour la première fois...
Le matin seulement, rieuse, je m'éveille...
Un éblouissement alors, une merveille...
Un soleil triomphant, d'un éclat continu...
Le beau, le clair Midi qui m'était inconnu
Jusqu'alors, que j'admire aussitôt et que j'aime;
Marseille, puis Toulon, puis Cannes, point extrême
Où notre vol s'arrête, où, sous les verts palmiers,
Accrochant notre nid ainsi que deux ramiers,
Oubliés, oublieux de la terre et des hommes,
Insouciants et gais, vrais enfants que nous sommes,
Nous vivons l'un pour l'autre et l'un par l'autre aussi...
Non, ce n'est point un rêve, et je suis bien ici,
Moi Georgette, bien moi, devant cette fenêtre,
Aspirant un air pur qui baigne tout mon être,
Et le cœur plein de vous, mon cher maître et seigneur...

Et je me sens heureuse à pleurer de bonheur!

Cannes, 12 décembre.

Être amoureuse, moi, la folle que j'étais!
Moi qui courais, dansais, flirtais et coquetais
Avec l'un, avec l'autre, au hasard, occupée
De mes jeunes « suiveurs » moins que de ma poupée
Jadis, lorsque j'étais gamine, aux temps lointains
Des souliers sans talons et des jeux enfantins!

Du jour au lendemain m'être ainsi transformée...
Aimer si promptement en me sachant aimée...
Avoir mon chevalier, comme dans les romans,
Et connaître l'amour tel que nos grand'mamans,
Allongeant un pied fin, roulant un œil de carpe,
Bras plié, pied tendu, le chantaient sur la harpe!
Et je me figurais qu'il n'en existait plus
De ces amours d'antan, bons petits dieux perclus;
Qu'aujourd'hui dédaigné par la foule incrédule,
Cupidon n'était plus qu'un sujet de pendule!

Ah! sotte, qui croyais bien voir et bien juger!
Non! les ans peuvent fuir et les modes changer;
Mais sous la robe Empire ou le veston moderne,
Nos simples cœurs humains, quand l'amour les gouverne,
Battent, toujours pareils, d'un pareil mouvement,
Que l'on soit « fin de siècle » ou bien « commencement » !

Et je laissais ainsi flotter mes rêves vagues
En revenant tantôt, parmi l'azur des vagues,
Des îles de Lérins, à l'heure où le soleil
Derrière l'Estérel, comme un globe vermeil,
S'enfonce lentement et disparaît dans l'ombre.
Notre bateau fendait le flot déjà plus sombre;
Des mouettes sur nous voltigeaient en criant;
Cannes, dans le lointain pittoresque et riant,
Etageait sous nos yeux son cirque de collines;
Très insensiblement, en grises mousselines,
La nuit tombait, tranquille et sereine; un vent frais
Passait, en emportant nos beaux, nos chers secrets;

Murmurés à voix basse et les deux mains unies...
Oh! les heures de joie! Oh! les heures bénies!

Cannes, 15 décembre.

Hier, il a voulu voir ce petit carnet.

Doucement, il saisit ma main qui le tenait
Et, me baisant les doigts :

« Donnez cela, poète! »

Je rougissais.

Et lui, grave, hochant la tête,
Prenant comiquement les grands airs de rigueur,
A lu ces pauvres vers où je mets tout mon cœur.
Moi, j'attendais debout, gauche, très empruntée,
Ainsi qu'un écolier dont on lit la dictée.

Quand il eut achevé, sans relever les yeux,
Un moment il resta rêveur, silencieux;
Puis, comme s'il fût seul, se parlant à soi-même,
Il murmura, bien bas :

« Pure enfant, que je t'aime! »

Nice, 25 décembre.

Te conterai-je tout, — oui, tout, — mon cher journal?
C'est aujourd'hui Noël. Réveil très matinal,
Du moins pour moi... Mon maître et seigneur dort encore.
Je me suis éveillée et levée à l'aurore
Et je m'installe ici, devant toi, mon petit,
Pour te dire... Mon doigt reste en l'air, interdit,
Tenant la plume prête et n'osant rien écrire...
Eh! mon Dieu, pourquoi donc?... Est-il si mal de rire
Et de s'aimer?... Enfin, cesse d'être étonné,
Nous avons hier soir tous deux... réveillonné
Dans un coquet salon agrémenté de roses.
Un menu... Quel menu! Monsieur fait bien les choses,
Et je soupçonne fort que ce menu de roi
Fut commandé jadis... pour d'autres que pour moi.
Mais ne ranimons pas ces souvenirs infâmes...
Le passé des maris n'appartient point aux femmes!

Moi, dont le souvenir est moins... capitonné,
Je jugeais tout charmant, exquis, bien ordonné,
Je sautais de plaisir ainsi qu'une gamine...
Mon estomac tenté cria bientôt famine...
Tu sais, mon cher journal, mon bon vieux compagnon,
Qu'un peu de gourmandise est mon péché mignon.
Je me mis à parler, à rire... une folie!
Il me répétait, lui, qu'il me trouvait jolie,

Que j'avais dans les yeux, dans le front, dans le cou,
Des je ne sais trop quoi... venus je ne sais d'où...
Et le traître, joignant l'action aux paroles,
Ponctuait de baisers ses tendres barcarolles...
Est-ce l'étrange effet du Cliquot trop aimé ?...
Ou mon noble seigneur s'est-il mieux exprimé ?
A-t-il su découvrir, pour me « peindre sa flamme »,
Des mots plus éloquents allant plus droit à l'âme ?
Je ne sais... Cependant il me semble, aujourd'hui,
Que depuis hier soir je suis bien mieux à lui.

L'aimer plus ?... Oh ! non pas !... Ce serait impossible...
Mais l'aimer autrement, d'un amour plus sensible,
D'un amour... plus amour, enfin, et plus humain,
Comme on ne doit jamais s'aimer le lendemain
Du mariage, alors que l'enfant innocente
En sa métamorphose absolue et récente,
Ecoute sans comprendre, hésite longuement
Et du baiser reçu n'a que l'étonnement...

Non, je l'aime à présent de toute ma tendresse...
S'il n'était mon mari, je serais sa maîtresse !
Qu'ai-je écrit !... Cher journal, tu ne vis rien de tel...

Nous ferons réveillon encore... après Noël !

Retour à Paris, en wagon,
entre Cannes et Marseille, 4 janvier.

Sous un ciel d'un gris sec, dans le vent, dans le bruit,
Sifflant et haletant, le rapide s'enfuit,
Gigantesque reptile à l'ondulante queue.

Tantôt des terrains bruns et tantôt la mer bleue
Qui brise sur les rocs son flot précipité.
Un mistral déchaîné, nous prenant de côté,
Met son affolement tout le long de la route.
Comme des bataillons de soldats en déroute,
Les arbres tourmentés s'inclinent vers le sol;
Parfois, sur un talus, quelque pin parasol
Agite le remous de ses frondaisons vertes;
De noirs oiseaux de proie aux ailes entr'ouvertes,
Immobiles, semblent lutter, puis brusquement
Sont emportés d'un coup dans leur prompt tournoiement;
Aux parois du wagon que l'orage secoue,
Pareils à des soufflets labourant une joue,
Des coups de vent haineux claquent avec fureur;
Un souffle de désordre et de vague terreur
Passe lugubrement sur la nature entière...

Et rêveuse, suivant des yeux par la portière
Ce spectacle changeant des choses en émoi,
Je sens naître un repos délicieux en moi.

Oui ! la sensation est étrangement douce
D'être entraînée au loin, très vite, sans secousse,
Dans le ricanement de ce mistral moqueur
Frileusement blottie au plus chaud de son cœur !
Contre ces hurlements de tempête enragée,
Paisible, entre ses bras je suis bien protégée.
Le ciel, hier si pur, s'est soudain obscurci...
Pour le ciel de mon âme il n'en peut être ainsi.
Près de *lui* je suis forte et rien ne peut m'atteindre.
Dans l'ombre envahissante où le jour va s'éteindre
Je vois ses yeux charmeurs me sourire ; je sens
Ses doigts presser mes doigts, tièdes et caressants ;
J'entends sa voix qui chante — oh ! si pure, si tendre ! —
Ces jolis mots d'amour qu'on veut toujours entendre...
Et je rêve, et j'écoute, et je réponds tout bas...

Et je crois aux bonheurs qui ne finissent pas !

Table

TABLE

DÉPART

MARSEILLE

CAMPAGNE DE MARSEILLE

TOULON

HYÈRES

CANNES

NICE

MONTE-CARLO

RETOUR

AU SOLEIL

LA MORT DES ROSES

LA REVANCHE DU DIABLE

PAGES DE BONHEUR

Achevé d'imprimer

le treize mars mil huit cent quatre-vingt-dix-sept

PAR

ALPHONSE LEMERRE

6, RUE DES BERGERS, 6

A PARIS

5. — 2817.

www.ingramcontent.com/pod-product-compliance
Ingram Content Group UK Ltd.
Pitfield, Milton Keynes, MK11 3LW, UK
UKHW031845260826
14628UKWH00002B/590

9 782012 930537